*Über das Buch* Dion Anthony ist ein überempfindlicher, verwundbarer Künstler, der Masken trägt: wie ein Visier, aus Notwehr, zum Schutz, als Symbol der Fremdheit zwischen den Menschen. Sein Gegenspieler ist der nüchterne, unschöpferische Geschäftsmann William Brown – beide sind seit ihrer Kindheit in Freundschaft unlösbar aneinandergekettet. Sie lieben die gleichen Frauen: Margaret, die Ehefrau Dions, die ihm treu ist, und die Dirne Cybel, die von Brown ausgehalten wird, ihm aber keineswegs treu ist. Sie sind Partner in einer Architekturfirma: Brown beutet die Einfälle Anthonys aus. Der sterbende Dion Anthony reißt sich die zynische Maske herunter, enthüllt ein Leidensgesicht und findet, von Cybel geleitet, zum erlösenden Gebet. Brown, den er als »Großen Gott Brown« verspottet hat, nimmt Dions Maske, um als Dion-Brown alles an sich zu reißen, worum er Dion-Anthony beneidet hat. In der Aufspaltung – der maskierte Erfolgsmensch Brown, der maskierte Ehemann Margarets Dion – gewinnt er durch Leid und Schuld eine, wie O'Neill kommentiert, »gequälte Christenseele, um Glauben bettelnd und ihn schließlich auf den Lippen Kybeles findend«.
Dieses 1925 entstandene Stück ist O'Neills Version eines ›Faustspiels‹.

*Der Autor* Am 16. Oktober 1888 kam Eugene O'Neill als Sohn eines Schauspielerpaares in New York zur Welt. In das Theater so hineingeboren, begann Eugene O'Neill jedoch erst nach einer längeren Zeit der Suche zu schreiben. Er arbeitete u. a. als Sekretär in einem New Yorker Versandhaus, als Goldgräber und als Matrose. Nach einem gesundheitlichen Zusammenbruch 1912 verbrachte er sechs Monate in einem Sanatorium. Diese unfreiwillige Ruhepause erweckte in ihm den Drang zum Schreiben. 1913 entstand sein erstes Stück ›The Web‹. Zu einem ersten Erfolg wurde sein Einakter ›Unterm karibischen Mond‹ (1918), dem die berühmten Stücke ›Jenseits vom Horizont‹, ›Trauer muß Elektra tragen‹, ›O Wildnis!‹, ›Fast ein Poet‹, ›Der Eismann kommt‹, ›Eines langen Tages Reise in die Nacht‹ und viele mehr folgten. Mit mehr als vierzig Stücken zählt Eugene O'Neill, der 1936 mit dem Nobelpreis für Literatur ausgezeichnet wurde, nicht nur zu den angesehensten, sondern auch erfolgreichsten amerikanischen Dramatikern. Eugene O'Neill starb am 27. November 1953 in Cape Cod.
Von Eugene O'Neill erschienen bisher im Fischer Taschenbuch Verlag: ›Fast ein Poet‹ (Bd. 7151), ›Eines langen Tages Reise in die Nacht‹ (Bd. 7152), ›Der Eismann kommt‹ (Bd. 7155), ›Trauer muß Elektra tragen‹ (Bd. 7154), ›Ein Mond für die Beladenen‹ (Bd. 10182), ›Gier unter Ulmen‹ (Bd. 10184), ›Kaiser Jones‹ (Bd. 10278), ›O Wildnis!‹ (Bd. 10471), ›Alle Kinder Gottes haben Flügel‹ (Bd. 10641), ›Jenseits vom Horizont‹ (Bd. 10642).

Eugene O'Neill

# Der Große Gott Brown

Stück in 4 Akten mit einem
Vor- und einem Nachspiel

Deutsch von Michael Walter

Fischer
Taschenbuch
Verlag

Theater Funk Fernsehen
Eine Reihe des Fischer Taschenbuch Verlags

Neuausgabe
Veröffentlicht im Fischer Taschenbuch Verlag GmbH,
Frankfurt am Main, April 1992
Erstveröffentlicht im S. Fischer Verlag GmbH,
Frankfurt am Main, ›Meisterdramen‹, Bd. 2, 1963
in der Übersetzung von Konrad Maril

Lizenzausgabe mit freundlicher Genehmigung
der S. Fischer Verlag GmbH, Frankfurt am Main
Titel der amerikanischen Originalausgabe:
›The Great God Brown‹

Umschlaggestaltung: Buchholz/Hinsch/Hensinger
Umschlagabbildung: Jean Fautrier, ›Les Massacres‹, 1943

Gesamtherstellung: Clausen & Bosse, Leck
Printed in Germany
ISBN 3-596-10640-0

## Schauplatz

Prolog: Der Pier des Casinos. Mondnacht Mitte Juni

Erster Akt

1. Bild: Wohnzimmer in Margaret Anthonys Wohnung. Ein Nachmittag sieben Jahre später
2. Bild: Billy Browns Büro. Am selben Nachmittag
3. Bild: Cybels Salon. In derselben Nacht

Zweiter Akt

1. Bild: Cybels Salon. Sieben Jahre später. Dämmerung
2. Bild: Zeichensaal in William A. Browns Büro. Am selben Abend
3. Bild: Bibliothek in William A. Browns Haus. In derselben Nacht

Dritter Akt

1. Bild: Browns Büro. Einen Monat später. Morgen
2. Bild: Bibliothek in Browns Haus. Am selben Abend
3. Bild: Wohnzimmer bei Margaret. In derselben Nacht

Vierter Akt

1. Bild: Browns Büro, einige Wochen später. Spätnachmittag
2. Bild: Bibliothek in Browns Haus, einige Stunden später. In derselben Nacht

Epilog

Der Pier des Casinos. Vier Jahre später

# Personen

WILLIAM A. BROWN
SEIN VATER, Bauunternehmer
SEINE MUTTER
DION ANTHONY
SEIN VATER, Baumeister
SEINE MUTTER
MARGARET
IHRE DREI SÖHNE
CYBEL
ZWEI ZEICHNER
EIN HERR
DREI AUSSCHUSSMITGLIEDER
EIN POLIZEIHAUPTMANN

# Prolog

*Szene: Der Pier des Casinos im Querschnitt. Im Hintergrund eine über den Rand hinausgebaute, rechteckige Fläche. An ihren drei Seiten Bänke. Hinten begrenzt ein Geländer den ganzen Steg.*
*Eine mondhelle Nacht Mitte Juni. Vom Casino hört man das Schulquartett, das mit viel und übertrieben-schmalzigem Chortremolo ›Sweet Adeline‹ singt. Man vernimmt den schwachen Widerhall des anschließenden Applauses – dann nur noch das Plätschern der Wellen, die gegen die Pfähle und an den Strand spülen – dann Schritte auf den Planken, und von links tritt Billy Brown mit seiner Mutter und seinem Vater auf. Die Mutter ist fünfundvierzig Jahre alt und unförmig. Sie trägt ein für den Anlaß viel zu elegantes schwarzes Spitzenkleid mit Pailletten. Der Vater ist fünfzig Jahre oder älter, der Typ des rührigen, herzlichen und erfolgreichen Geschäftsmannes aus der Provinz. Er steckt stämmig und jovial in seinem Smoking.*
*Billy Brown ist beinahe achtzehn Jahre alt, hübsch, großgewachsen und athletisch gebaut. Er ist blond, hat blaue Augen, ein sympathisches Lächeln und ein offenes, gutmütiges Gesicht, das bereits eine gewisse disziplinierte Zurückhaltung verrät. Er strahlt ein gesundes, ungezwungenes Selbstbewußtsein aus. Er trägt einen Smoking.*
*Sie gehen untergehakt und haben die Mutter in die Mitte genommen.*

MUTTER *immer an den Vater gewandt* Dieser Eröffnungsball ist ein Reinfall. Jämmerlicher Gesang und klägliche Stimmen! Warum singt Billy nicht mit?

BILLY *zu ihr* Ich hab ein Organ wie ein Nebelhorn! *Lacht*

MUTTER *vor sich hin* Als Mädchen hatte ich eine schöne Stimme. *Dann sarkastisch zum Vater* Hast du die schmutzigen Flanellhosen gesehen, mit denen Anthony junior im Ballsaal herumstolziert?

VATER Reine Angabe.

MUTTER Eine Unverschämtheit! Er ist genauso ungebildet wie sein Vater.

VATER Der Alte ist schon in Ordnung. An dem stört mich nur, daß er immer zu konservativ war, um mir und meinen Ideen etwas Spielraum zu geben.

MUTTER *verbittert* Runtergezogen auf sein Niveau hat er dich – aus purem Neid.

VATER Aber er hat mich auch zu seinem Partner gemacht, vergiß das nicht –

MUTTER *scharf* Weil er selber nicht genug Grips besitzt. Weil er Angst hatte, dich zu verlieren. *Pause*

BILLY *bewundernd* Dion läuft in den alten Klamotten rum, weil wir darum gewettet haben. Er ist wirklich ein Pfundskerl. Der hätte nicht mal Schiß gehabt, im Pyjama zu erscheinen! *Grinst anerkennend*

MUTTER Wie hell der Mond scheint! *Geht zur mittleren Bank und setzt sich. Billy steht in der Ecke rechts vorne, die Hand am Geländer wie ein Angeklagter vor dem Richter. Sein Vater steht vor der Bank rechts. Die Mutter verkündet mit Entschiedenheit.* Nach dem College muß Billy irgend etwas studieren, das steht für mich fest! *Sie wendet sich trotzig zu ihrem Gatten, als erwarte sie dessen Widerspruch.*

VATER *beflissen und besänftigend* Ganz meine Meinung, Schatz. Architektur! Wie wär's damit? Billy wird ein 1a Architekt der Extraklasse! Das wäre mein Vorschlag! Was ich selbst immer so gerne geworden wäre.

Ich hatte nur nie die Gelegenheit dazu. Aber Billy – der wird dann später mal Partner in der Firma. Anthony, Brown und Sohn, Architekten und Baumeister – statt Bauunternehmer und Baumeister!

MUTTER *sehnt sich danach, daß ein Traum in Erfüllung geht* Und dann legen wir auch nie mehr Bürgersteige und Kanalisationen an?

VATER *leicht verstimmt* Alles, was dein Herzblättchen zeichnen kann, das können ich und Anthony auch bauen – selbst wenn es eine Kirche ist! *Dann von seiner Idee begeistert* Das ist eine Riesenchance für ihn! Er wird die Entwürfe zeichnen – uns vergrößern – die Firma berühmt machen.

MUTTER *versonnen vor sich hin* Als du um meine Hand angehalten hast, da schien mir deine Zukunft erfolgversprechend – meine Zukunft – *Seufzend* Na ja, ich glaube, wir sind ganz gut über die Runden gekommen. Jetzt geht es um seine Zukunft. Möchte unser Billy denn gerne Architekt werden? *Sie sieht ihn nicht an.*

BILLY *zu ihr* Von mir aus, Mutter. *Dann einfältig* Ich glaube, ich habe mir nie groß den Kopf darüber zerbrochen, was ich nach dem College machen möchte – aber Architektur klingt eigentlich ganz gut.

MUTTER *vor sich hin – stolz* Billy hat schon als kleines Kind Häuser gemalt.

VATER *triumphierend* Billy hat das Zeug, es zu schaffen. Er muß nur hart genug arbeiten.

BILLY *gehorsam* Das werde ich, Vater.

MUTTER Billy kann alles erreichen!

BILLY *verlegen* Ich werd's versuchen, Mutter. *Pause*

MUTTER *fröstelt plötzlich* Die Nächte sind jetzt viel kälter als früher! Stell dir vor, als Mädchen habe ich einmal im Juni im Mondschein gebadet – aber damals war der Mondschein so warm und schön, weißt du noch, Vater?

VATER *legt zärtlich den Arm um sie* Aber natürlich, Mutter. *Er küßt sie. Die Kapelle im Casino spielt einen Walzer.* Die Musik hat wieder angefangen. Komm, wir gehen zurück und sehen den jungen Leuten beim Tanzen zu. *Sie gehen los und lassen Billy stehen.*

MUTTER *ruft plötzlich über die Schulter zurück* Ich möchte Billy tanzen sehen.

BILLY *gehorsam* Ja, Mutter!

*Er folgt ihnen. Einen Augenblick lang hört man leise Musik und Wellengeplätscher. Dann wieder Schritte, und die drei Anthonys treten auf. Zuerst Vater und Mutter, die unmaskiert sind. Der Vater ist fünfundfünfzig bis sechzig Jahre alt, groß, hager, mit einem verbissenen, abweisenden Gesicht, bis zur Verbohrtheit eigensinnig. Die Mutter ist eine zarte, zerbrechliche, verblühte Frau, ständig nervös und zerstreut, aber mit einem lieben und sanften, einst schönen Gesicht. Der Vater hat einen schlechtsitzenden schwarzen Anzug an, wie zu einer Beerdigung, die Mutter ein billiges, schlichtes schwarzes Kleid. Ihnen folgt allein und wie ein Fremder ihr Sohn Dion. Er ist etwa so groß wie der junge Brown, aber hager und drahtig, voll Unrast und ständig in nervöser Bewegung. Er trägt eine Maske. Sie zwingt seinem eigenen Gesicht – das düster, vergeistigt, poetisch, leidenschaftlich, überempfindlich und hilflos ungeschützt ist in seinem kindlich frommen Glauben an das Leben – die Miene eines höhnischen, leichtfertigen, trotzig-herausfordernden, fröhlich-spöttischen und sinnlichen jungen Pan auf. Er trägt ein graues Flanellhemd mit offenem Kragen, Turnschuhe an den nackten Füßen und schmutzige, weiße Flanellhosen. Der Vater geht zur mittleren*

*Bank und setzt sich. Die Mutter, die seinen Arm gefaßt hat, läßt ihn los und bleibt neben der Bank links stehen. Beide starren Dion an, der mit gekünstelter Unbefangenheit seinen Platz am Geländer einnimmt, wo der junge Brown gestanden hatte. Sie mustern ihn mit sonderbaren, verwirrten Blicken.*

MUTTER *unvermittelt – flehend* Du mußt ihn ganz einfach aufs College schicken!

VATER Kommt überhaupt nicht in Frage. Ich halte nichts vom College. Da ziehen sie bloß Faulenzer ran, die dann auf Kosten ihrer armen alten Väter leben! Der soll genauso schuften wie ich! Da lernt er am besten, was ein Dollar wert ist! Auf dem College machen sie nur noch einen größeren Narren aus ihm! Ich bin nie über die Grundschule rausgekommen, aber ich habe Geld gemacht und einen soliden Betrieb gegründet. Der soll es selber zu etwas bringen, so wie ich!

DION *spöttisch – vor sich hin* Dieser Mr. Anthony ist mein Vater, aber er hält sich für Gottvater persönlich. *Beide starren ihn an.*

VATER *ärgerlich-erstaunt* Ich hör wohl nicht richtig!

MUTTER *mit sanftem Vorwurf* Aber Dion, Lieber! *Dann zu ihrem Gatten – stichelnd* Brown verbucht den ganzen Erfolg für sich! Er erzählt jedem, daß der Erfolg ganz allein seiner Tatkraft zu verdanken ist – und daß du hoffnungslos rückständig bist!

VATER *gereizt, barsch* Verdammter Idiot! Er weiß doch selber am besten, daß er uns mit seinen riskanten und total verrückten Ideen schon längst ruiniert hätte, wenn ich nicht immer wieder dafür gesorgt hätte, daß er auf dem Teppich bleibt!

MUTTER Er schickt Billy aufs College – Mrs. Brown hat's mir eben erzählt –, und anschließend soll er noch

Architektur studieren, damit er mithelfen kann, die Firma zu vergrößern!

VATER *ärgerlich* Wie bitte? *Fährt Dion plötzlich wütend an* Dann kannst du dir auch überlegen, ob du da hingehen willst! Und wenn du mir kein besserer Architekt wirst als Browns Junge, dann fliegst du hochkant raus und landest ohne einen Penny in der Gosse! Ist das klar?

DION *spöttisch – vor sich hin* Die Wahl fällt mir nicht leicht – aber Architektur klingt weniger anstrengend!

MUTTER *liebevoll* Aus dir wird bestimmt ein wunderbarer Architekt, Dion. Du hast schon immer so schöne Bilder gemalt –

DION *zuckt zusammen – aufgebracht* Warum lügt sie? Ist es meine Schuld? Sie weiß, daß meine Bilder nur Versuche sind. *Leidenschaftlich* Aber eines Tages, da wird es mir gelingen! *Dann rasch wieder spöttisch* Also ab aufs College! Da ist man wenigstens nicht zu Hause. *Er lacht sonderbar und geht zu ihnen. Sein Vater erhebt sich abwehrend. Dion verbeugt sich vor ihm.* Ich danke Mr. Anthony für diese glänzende Chance, mich zu verwirklichen – *Er küßt seine Mutter, die sich sonderbar demütig verneigt, wie eine Dienerin, die von dem jungen Herrn gegrüßt wird, – dann fährt er leichthin fort.* nach dem Bilde meiner Mutter, damit sie ihr Leben zufrieden beschließen kann. *Er setzt sich auf den Platz seines Vaters in der Mitte, und seine Maske blickt mit starrem Spott vor sich hin. Seine Eltern stehen links und rechts neben ihm und sehen ihn sprachlos an.*

MUTTER *schließlich mit einem Frösteln* Es ist kalt. Der Juni war nicht immer so kalt. Ich erinnere mich an den Juni, als ich dich unter dem Herzen trug, Dion – drei Monate vor deiner Geburt. *Blickt zum Himmel* Damals war der Mondschein warm. Die Nacht hüllte mich ein wie ein graues Samtgewand, vom warmen Himmel gesäumt und besetzt mit Silberblättern!

VATER *schroff – aber mit einer gewissen Scheu* Meine Mutter hat immer geglaubt, der Vollmond sei die beste Zeit für die Aussaat. Sie war so schrecklich altmodisch. *Mit einem Stöhnen* Ich krieg Rheuma davon. Gehen wir wieder rein.

DION *mit heftiger Bitterkeit* Versteckt euch! Schämt euch!

*Sie zucken zusammen und starren ihn an.*

VATER *mit verbitterter Hoffnungslosigkeit zu seiner Frau, indem er auf ihren Sohn deutet* Wer ist er? Du hast ihn geboren!

MUTTER *stolz* Er ist mein Junge! Er ist Dion!

DION *mit bitterem Groll* Was auch sonst! Der eindeutige Sohn! *Dann spöttisch* Mr. Anthony und seine Gattin gehen hinein zum Tanz? Die Nächte werden kalt! Die Tage sind trüber als früher! Wir spielen Versteck! Sucht den Affen im Mond!

*Er macht plötzlich einen grotesken Luftsprung wie ein Harlekin und stürzt mit einem erzwungen-hemmungslosen Lachen blitzschnell davon. Sie starren ihm nach – dann folgen sie ihm langsam. Wieder herrscht bis auf das Wellengeplätscher Stille. Dann tritt Margaret auf, hinter ihr Billy Brown, der sie demütig verehrt. Sie ist fast siebzehn Jahre alt, hübsch und lebhaft, hat blonde Haare, große gefühlvolle Augen und eine geschmeidige und kräftige Figur. Ihr Gesichtsausdruck ist intelligent, aber jugendlich verträumt, besonders jetzt im Mondschein. Sie trägt ein schlichtes weißes Kleid. Bei ihrem Auftritt trägt sie eine Maske, die eine genaue, fast durchsichtige Kopie ihres eigenen Gesichts darstellt, ihr aber die abstrakte Erscheinung eines Mädchens statt der Person Margaret verleiht.*

MARGARET *blickt zum Mond und singt beim Auftritt leise* »O Mond meiner Wonne, der du nicht schwindest!«

BILLY *beflissen* Die Platte hab ich – John McCormack. Tolle Scheibe! Sing doch weiter. *Sie blickt schweigend zum Himmel. Er bleibt respektvoll hinter ihr stehen, schielt verlegen nach ihrem abgewandten Gesicht. Er versucht, Konversation zu machen.* ›Rubaiyát‹ finde ich prima, du auch? Für Gedichte hab ich nie 'nen Kopf gehabt, nicht die Bohne. Dion kann massenhaft Shelley-Gedichte auswendig.

MARGARET *nimmt langsam die Maske ab – zum Mond* Dion! *Pause*

BILLY *nervös* Margaret!

MARGARET *zum Mond* Dion ist einfach wundervoll!

BILLY *tölpelhaft* Ich wollte, daß du mit rauskommst, weil ich dir etwas sagen wollte.

MARGARET *zum Mond* Warum hat mich Dion nur so angesehen? Ich war danach völlig durcheinander!

BILLY Und fragen wollte ich dich auch etwas.

MARGARET Das eine Mal, als er mich geküßt hat – das kann ich einfach nicht vergessen! Für ihn war es nur Spaß – aber ich habe etwas gefühlt – und er hat es gemerkt und bloß gelacht!

BILLY Denn in dem Punkt bin ich mir nicht so sicher. Von meiner Seite ist ja längst alles klar, und vermutlich weiß es die ganze Stadt – sie ziehen mich immer damit auf –, also mußt du es doch auch wissen, was ich für dich empfinde.

MARGARET Dion ist so anders als alle. Er kann schöne Bilder malen und Gedichte schreiben, er spielt und singt und tanzt ganz wundervoll. Aber manchmal ist er auch traurig und schüchtern wie ein kleines Kind, und er weiß, wie es wirklich in mir aussieht – und – ich möchte ihm mit den Fingern durchs Haar streichen – und ich liebe ihn! Ja, ich liebe ihn! *Sie streckt die Arme nach dem Mond aus.* Oh, Dion, ich liebe dich!

BILLY Ich liebe dich, Margaret.

MARGARET Ob Dion – Heute abend hat er mich wieder angesehen – Oh, ob er...!

BILLY *faßt ihre Hand und platzt heraus* Kannst du mich nicht lieben? Willst du mich nicht heiraten – nach dem College –

MARGARET Wo mag Dion jetzt sein?

BILLY *schüttelt von Ungewißheit gequält ihre Hand* Margaret! Bitte antworte mir!

MARGARET *ist aus ihrem Traum gerissen, setzt die Maske auf und wendet sich zu ihm – sachlich* Es wird kühl. Laß uns wieder reingehen und tanzen, Billy.

BILLY *verzweifelt* Ich liebe dich! *Er versucht ungeschickt, sie zu küssen.*

MARGARET *leicht amüsiert* Wie ein Bruder! Wenn du willst, kannst du mich küssen. *Sie küßt ihn.* Ein brüderlicher Schmatz. Das zählt nicht. *Er weicht mit gesenktem Kopf wie vernichtet zurück. Sie wendet sich weg und nimmt die Maske ab – zum Mond.* Ich wünschte, Dion würde mich noch einmal küssen!

BILLY *gequält* Ich bin ein Volltrottel. Ich hätte es wissen müssen. Jetzt bin ich mir sicher. Du bist in Dion verliebt. Ich hab gesehen, wie du ihn angeschaut hast. Stimmt's?

MARGARET Dion! Der Name ist Musik für mich!

BILLY *heiser* Gut – er war immer mein bester Freund – freut mich, daß er der Glückliche ist – und ich schätze, ich bin ein guter Verlierer – *Er schüttelt ihr die Hand.* Also, Margaret, ich wünsche dir viel Glück und Erfolg im Leben – und vergiß nicht, ich werde immer dein bester Freund sein! *Er schüttelt ihr ein letztes Mal die Hand – schluckt schwer – dann mannhaft.* Gehen wir wieder rein!

MARGARET *zum Mond – etwas verärgert* Was hat Billy Brown hier verloren? Ich werde jetzt bis zum Ende des Piers gehen und warten. Dion ist der Mond, und ich bin die See. Ich will fühlen, wie der Mond die See küßt. Ich möchte, daß Dion vom Himmel zu mir herabsteigt. Die Ströme meines Bluts sollen aus meinem Herzen steigen und ihm folgen! *Sie flüstert wie ein kleines Mädchen.* Dion! Margaret! Peggy! Peggy ist Dions Mädchen – Peggy ist Dions kleines Mädchen – *Sie singt lachend und schelmisch.* Dion ist mein Daddy-O! *Sie geht zum Ende des Piers ganz rechts.*

BILLY *hat sich abgewandt* Ich geh jetzt. Ich sage Dion, daß du hier bist.

MARGARET *immer stärker und bestimmter, bis sie am Ende zur Frau und Mutter erstarkt ist* Und ich werde Mrs. Dion sein – Dions Frau –, und er wird mein Dion sein, mein heißgeliebter Dion – mein kleiner Junge – mein Baby! Der Mond wird von den Strömen meines Herzens überflutet, und tiefer Friede durchdringt die See! *Sie verschwindet ganz rechts, ihr nach oben gerichtetes, unmaskiertes Gesicht wirkt wie das einer verzückten Visionärin. In die folgende Stille hinein hört man Tanzmusik. Dann endet sie, und Dion tritt auf. Er geht rasch zu der mittleren Bank, wirft sich darauf und verbirgt sein maskiertes Gesicht in den Händen. Nach einer Weile hebt er den Kopf, späht umher, lauscht gehetzt, dann nimmt er langsam die Maske ab. Im hellen Mondschein erkennt man sein wahres Gesicht. Es ist scheu, schüchtern und sanft, voll tiefer Traurigkeit.*

DION *mit leidvoller Verwirrung* Warum habe ich Angst

davor zu tanzen, ich, der Musik, Rhythmus und Grazie, Gesang und Gelächter liebt? Warum habe ich Angst davor zu leben, ich, der das Leben und die Schönheit des Fleisches und die lebendigen Farben von Erde, Himmel und Meer liebt? Warum habe ich Angst vor der Liebe, ich, der die Liebe liebt? Warum fürchte ich mich, ich, der keine Furcht kennt? Warum muß ich Verachtung heucheln, damit ich Mitleid empfinden kann? Warum muß ich mich hinter Selbstverachtung verbergen, um zu verstehen? Warum muß ich mich meiner Stärke so schämen, meiner Schwäche so brüsten? Warum muß ich wie ein Verbrecher in einem Gefängnis leben, voller Trotz und Haß, ich, der Frieden und Freundschaft liebt? *Ringt flehend die Hände über dem Kopf* Warum bin ich denn ohne Haut geboren worden, o Gott, daß ich einen Panzer tragen muß, wenn ich berühren oder berührt werden will? *Er wartet eine Sekunde lang schweigend – dann stülpt er mit einer verzweifelten Geste jäh die Maske wieder vors Gesicht, und seine Stimme wird bitter und hämisch.* Oder besser gefragt, alter Mann, warum zum Teufel wurde ich überhaupt geboren?

*Man hört Schritte von links. Dion erstarrt, und seine Maske stiert vor sich hin. Billy tritt von links auf. Er kommt deprimiert angeschlurft. Als er Dion sieht, bleibt er abrupt stehen und blickt ihn finster an – aber der »gute Verlierer« in ihm setzt sich gleich wieder durch.*

BILLY *verlegen* Hallo, Dion. Ich hab dich schon überall gesucht. *Er setzt sich auf die linke Bank und zwingt sich zu einem scherzhaften Ton.* Was sitzt du hier rum, du Blödmann – bist wohl noch nicht mondsüchtig genug? *Pause – verlegen* Ich komm gerade von Margaret –

DION *zuckt zusammen – sofort mit abwehrendem Spott* Meinen Segen habt ihr, Kinder!

BILLY *schroff und salopp* Ich bin aus dem Rennen – sie hat mich abblitzen lassen. Du bist der Herzkönig. Auf in den Kampf! Wir waren doch schon immer dick befreundet, richtig? – und – es freut mich, daß du der Glückliche bist, Dion. *Dies sagt er mit rauher Stimme – er tastet nach Dions Hand und schüttelt sie.*

DION *läßt die Hand fallen – bitter* Dick befreundet? O nein, Billy Brown würde mich verachten!

BILLY Sie erwartet dich jetzt am Ende des Piers.

DION Mich? Welchen? Wen? Nein, Mädchen wollen immer nur die Oberfläche sehen!

BILLY Sie ist verliebt in dich.

DION *ist gerührt – Pause – stammelt* Ein Wunder? Ich habe Angst! *Schnodderig* Ich liebe, du liebst, er liebt, sie liebt! Sie liebt, sie liebt – was?

BILLY Du kannst hier rumspinnen, soviel du willst, ich weiß ganz genau, was dahintersteckt: Du bist verknallt in sie.

DION *bewegt* Dahinter? Ich liebe die Liebe! Ich würde gerne geliebt werden! Aber ich habe Angst! *Dann aggressiv* Ich hatte Angst! Jetzt nicht mehr! Jetzt kann ich lieben – egal wen! Ja, ich liebe Peggy! Warum nicht! Wer ist sie? Wer bin ich? Wir lieben, ihr liebt, sie lieben, man liebt! Niemand liebt! Alle Welt liebt den, der liebt, Gott liebt uns alle, und wir lieben ihn! Liebe ist ein Wort – ein schamlos zerlumptes Gespenst von einem Wort –, das an allen Türen hausiert und ums Verrecken leben will!

BILLY *immer so, als hätte er die Worte des anderen nicht gehört* Sag mal, sollen wir uns nicht zusammen eine Bude nehmen, wenn wir aufs College gehen –

DION Billy möchte ihr nahe bleiben!

BILLY Also abgemacht! *Grinst gezwungen* Du kannst ihr ausrichten, daß ich gut auf dich aufpassen werde! *Wendet sich ab* Bis dann. Und vergiß nicht, sie wartet. *Er geht.*

DION *benommen – zu sich* Wartet – wartet auf mich! *Er nimmt langsam die Maske ab. Sein Gesicht ist aufgelöst und wie verwandelt vor Freude. Er starrt verzückt zum Himmel.* Du Gott im Mond, hast du gehört? Sie liebt mich! Ich habe keine Angst! Ich bin stark! Ich kann lieben! Sie beschützt mich! Ihre Arme legen sich sanft um mich! Sie umhüllt mich mit ihrer Wärme! Sie ist meine Haut! Sie ist mein Panzer! Jetzt bin ich geboren – ich – das Ich! – eins und unteilbar – Ich, der Margaret liebt! *Er wirft einen triumphierenden Blick auf seine Maske – wie befreit.* Ich bin aus dir herausgewachsen! Ich habe dich hinter mir gelassen! *Er reckt die Arme gen Himmel.* O Gott, jetzt glaube ich!

*Vom Ende des Piers hört man ihre Stimme.*

MARGARET Dion!

DION *verzückt* Margaret!

MARGARET *näher* Dion!

DION Margaret!

MARGARET Dion!

*Sie läuft auf die Bühne, hält die Maske in der Hand. Er stürzt ihr mit ausgestreckten Armen entgegen, aber sie weicht mit einem Angstschrei zurück und setzt hastig die Maske auf. Dion prallt zurück. Sie spricht kalt und ärgerlich.*

Wer sind Sie? Warum rufen Sie mich? Ich kenne Sie nicht!

DION *untröstlich* Ich liebe dich!

MARGARET *eisig* Soll das ein Witz sein – oder sind Sie betrunken?

DION *flüstert noch einmal flehend* Margaret! *Aber sie mustert ihn bloß verächtlich. Dann schlägt er sich mit einer jähen Geste die Maske vors Gesicht und lacht rasend und bitter.* Ha-ha-ha! Reingelegt, Peg!

MARGARET *nimmt entzückt die Maske ab* Dion! Was fällt dir eigentlich ein – ich hab dich ja gar nicht erkannt!

DION *legt kühn den Arm um sie* Was mir einfällt? Der Mond ist schuld – der verrückte Mond – der Affe im Mond – der treibt sein Spiel mit uns! *Er küßt sie unentwegt mit seinem maskierten Gesicht und dem romantischen Gebaren eines Liebhabers auf der Bühne.* Du liebst mich! Das weißt du doch! Sag es! Sag es mir! Ich will es hören! Ich will es fühlen! Ich will es wissen! Ich will es wollen! Will dich, so wie du mich willst!

MARGARET *hingerissen* Ja, Dion! Ja, ich liebe dich!

DION *mit ironischer Überlegenheit – schwülstig* Und ich liebe dich! Irrsinnig! Oh, bis in alle Ewigkeit, amen! Du bist mein Abendstern und alle Plejaden! Deine Augen sind blaue Teiche, in denen goldene Träume gleiten, dein Leib gleicht einer jungen weißen Birke, die sich unter den Lippen des Frühlings zurückbiegt. So! *Er hat sie in seinen Armen zurückgebeugt, sein Gesicht über ihrem.* So! *Er küßt sie.*

MARGARET *von leidenschaftlicher Sehnsucht überwältigt* O Dion! Dion! Ich liebe dich!

DION *mit wachsender Überlegenheit in der Stimme* Ich liebe, du liebst, wir lieben! Komm! Ruh aus! Entspanne dich! Laß die Welt los! Sie versinkt! Verdämmert in der Vergangenheit! Vorbei! Tod! Jetzt! Werde geboren! Erwache! Lebe! Werde eins mit dem Tau – der Stille – der Nacht – der Erde – dem All – dem Frieden – der Freude – mit Gott – mit dem großen Gott Pan!

*Während seiner Worte ist der Mond allmählich hinter einer schwarzen Wolke verschwunden, sein Licht erloschen. Für einen Augenblick herrscht tiefste Schwärze und Stille. Dann wird es allmählich wieder heller. Man hört Dions Stimme zuerst flüsternd, dann mit dem Licht kräftiger werdend.*

Wach auf! Es ist Zeit zum Aufstehen! Zeit zu existieren. Zeit für die Schule! Zeit zu lernen! Lerne heucheln! Bedecke deine Blöße! Lerne lügen! Lerne Schritt halten! Schließe dich der Prozession an! Der große Pan ist tot! Schäme dich!

MARGARET *schluchzend* O Dion, ich schäme mich!

DION *spöttisch* Pst! Siehst du den Affen im Mond? Wie er tanzt! Sein Schwanz ist ein Stück Bindfaden, das hängenblieb, als er sich von Jehova losgerissen hat und abgehauen ist, um bei Charley Darwins Zirkus mitzumachen!

MARGARET Ich weiß, daß du mich jetzt hassen mußt! *Sie schlingt die Arme um ihn und vergräbt den Kopf an seiner Schulter.*

DION *tiefbewegt* Nicht weinen! Bitte –! *Er reißt sich plötzlich die Maske ab – in heftiger Qual.* Dich hassen? Ich liebe dich von ganzem Herzen! Liebe mich! Warum kannst du mich nicht lieben, Margaret?

*Er will sie küssen, aber sie springt mit einem erschrockenen Schrei auf und hält sich ihre Maske schützend vors Gesicht.*

MARGARET Nein! Bitte! Ich kenne Sie nicht! Sie machen mir angst!

DION *setzt die Maske wieder auf – ruhig und bitter* Es ist alles in Ordnung. Du sollst es nie wieder sehen. *Er legt die Arme um sie – mit sanftem Spott.* Ich liebe dich per Stellvertreter. Na, komm! Nun wein doch nicht! Du mußt keine Angst haben! Dion Anthony wird dich eines Tages heiraten. *Er küßt sie.* »Hiermit nehme ich dieses Weib –« *Zärtlich scherzend* Nun, Weib! Fühlst du dich um Äonen älter? Mrs. Dion Anthony, wollen wir hineingehen, und darf ich Sie dann um den nächsten Tanz bitten?

MARGARET *zärtlich* Du verrücktes Kind! *Dann freudestrahlend* Mrs. Dion Anthony! Klingt das nicht wunderbar?

*Sie gehen ab.*

Vorhang

## Erster Akt

### Erstes Bild

*Szene: Sieben Jahre später. Das Wohnzimmer der von Mrs. Dion Anthony bewohnten Hälfte eines Zweifamilienhauses in der Wohngegend der Stadt – eines jener Viertel in Einheitsbauweise, die das Auge mit vervielfachter Häßlichkeit blenden. Die vier Möbelstücke, die man sieht, passen dazu – ein Sessel rechts, ein Tisch in der Mitte mit einem Stuhl dahinter, ein Sofa links. Auch hier herrscht die im Prolog durch die Anordnung der Bänke erzielte Atmosphäre eines Gerichtssaales. Den Hintergrund bildet ein Prospekt, auf den die Zimmerrückwand mit der unerträglich realistisch-leblosen Detailliertheit solcher Bilder gemalt ist, die die Wohnzimmer von Häusern dieses Stils im allgemeinen zieren. Es ist später Nachmittag an einem grauen Wintertag.*
*Dion sitzt hinter dem Tisch und starrt vor sich hin. Die Maske hängt ihm wie ein zweites Gesicht vom Hals auf die Brust. Sein wahres Gesicht ist stark gealtert, wirkt strapazierter und gequälter, eigenartigerweise zugleich aber auch selbstloser und asketischer, bestimmter in seiner entschiedenen Abkehr vom Leben. Auch die Maske hat sich verändert. Sie ist älter, trotziger und spöttischer, mehr Mephisto als Pan. Sie zeigt bereits die Verwüstungen der Ausschweifung.*

DION *greift plötzlich nach dem Neuen Testament, das auf dem Tisch liegt, öffnet es, indem er aufs Geratewohl einen Finger zwischen die Buchseiten steckt, und liest die gefundene Textstelle* »Kommet her zu mir, alle die ihr müheselig und beladen seid, ich will euch erquikken.« *Er starrt wie in Trance vor sich hin, sein Gesicht leuchtet von innen heraus, ist aber schmerzlich verwirrt – unsicher flüsternd.* Ich werde kommen – aber wo bist du, Erlöser? *Man hört, wie die Haustür geschlossen wird. Dion fährt hoch und nimmt die Maske wieder vors Gesicht. Er wirft das Buch verächtlich zur Seite.* Blabla! Am Rockzipfel von Großmütterchen Christentum! Du flennst wie ein Kind im Dunkeln!

*Er lacht voll bitterer Selbstverachtung. Schritte nähern sich. Er nimmt eine Zeitung und verbirgt sich rasch dahinter. Margaret tritt ein. Sie trägt ein teures, elegantes Kleid und einen Pelzmantel. Beides wirkt umgearbeitet und oft getragen. Sie ist trotz ihrer Jugend reif und mütterlich geworden. Ihr hübsches Gesicht ist noch frisch und gesund, doch um Nase und Mund deutet sich bereits ein Zug an, der ständige Sorge und Angst verrät – und in ihrem Blick liegt eine verständnislose Verletztheit. Dion tut so, als sei er in seine Zeitungslektüre versunken. Sie beugt sich vor und küßt ihn.*

MARGARET *mit erzwungener Fröhlichkeit* Guten Morgen – früh um vier Uhr nachmittags! Als ich aus dem Haus gegangen bin, hast du noch selig geschnarcht!

DION *legt mit einer nachlässigen, gewohnheitsmäßigen Bewegung den Arm um sie – spöttisch* Der ideale Gatte!

MARGARET *in Gedanken schon woanders – setzt sich in den Sessel rechts* Ich hatte Angst, die Kinder könnten dich vielleicht stören, darum habe ich sie zum Spielen zu Mrs. Young gebracht. *Pause. Er greift wieder zur Zeitung. Sie fragt besorgt.* Du glaubst doch auch, daß sie da gut aufgehoben sind? *Er antwortet nicht. Sie ist mehr gekränkt als beleidigt.* Es wäre mir lieb, du würdest wenigstens versuchen, dich mehr für die Kinder zu interessieren, Dion.

DION *spöttisch* Vatergefühle vor dem Frühstück? Ich gehe mit anderen Dingen schwanger. *Sie wendet sich gekränkt ab. Er tätschelt reumütig ihre Hand.* In Ordnung. Ich werd's versuchen.

MARGARET *drückt seine Hand – mit vereinnahmender Zärtlichkeit* Spiel mit ihnen. Im Grunde bist du doch ein viel größeres Kind als sie.

DION *selbstironisch – in der Bibel blätternd* Im Grunde – werde ich ausgesprochen infantil! »Lasset die Kindlein!«

MARGARET *mit der gleichen Überzeugung* Du bist mein Ältester.

DION *mit spöttischer Anerkennung* Sie bereitet uns das Himmelreich auf Erden!

MARGARET *zieht ihre Hand zurück* Das war mein Ernst.

DION Meiner auch – in gewisser Hinsicht. *Er lacht.* Geheimdiplomatie am häuslichen Herd! Wir machen uns gegenseitig verschlüsselte Mitteilungen – und keiner kennt den Code des anderen!

MARGARET *runzelt verwirrt die Stirn – dann gezwungen scherzhaft* Ich muß mal ein ernstes Wörtchen mit Ihnen reden, junger Mann! Trotz Ihrer anderslautenden Beteuerungen haben Sie von der heftigen Trunk- und Spielsucht nicht gelassen, der Sie seit dem letzten Jahr im Ausland frönen.

DION Seit mir klar wurde, daß in mir kein Künstler steckt – es sei denn ein Lebenskünstler – und nicht einmal das! *Er lacht bitter.*

MARGARET *voller Überzeugung* Aber du kannst malen, Dion – ganz wunderbar!

DION *mit heftigem Schmerz* Nein! *Er faßt plötzlich ihre*

*Hand und küßt sie dankbar.* Ich liebe Margaret! Ihre Blindheit kennet keine Grenzen! *Dann verbittert* – Oder ist es Mitleid?

MARGARET Wir haben nur noch hundert Dollar auf der Bank.

DION *mit ungläubiger Überraschung* Was! Das ganze Geld vom Hausverkauf ist weg?

MARGARET *erschöpft* Du hast beinahe jeden Tag Schecks eingelöst. Du hast getrunken – und nicht gerechnet –

DION *gereizt* Ich weiß! *Pause – nüchtern* Also kein Vermögen mehr in petto, wie? Naja, wir konnten davon immerhin fünf Jahre in Ruhe im Ausland leben. Wir haben uns damit ein kleines bißchen Glück erkauft – oder so was Ähnliches – stimmt's? – man hat gelebt und geliebt und Kinder in die Welt gesetzt – *Nach einer kurzen Pause – bitter* – geglaubt, man sei schöpferisch, bis sich das Gegenteil herausstellte!

MARGARET *diesmal mit erzwungener Überzeugung* Aber du kannst malen – ganz wunderbar!

DION *wütend* Halt den Mund! *Pause – dann höhnisch* Mein holdes Weib ist also der Ansicht, es stünde mir wohl an, seßhaft zu werden und meine Familie in der kärglichen Weise zu ernähren, an die sie sich wird gewöhnen müssen?

MARGARET *kleinlaut* Das hab ich nicht gesagt – trotzdem – wir müssen etwas unternehmen.

DION *schroff* Und hätte Mrs. Anthony vielleicht auch die Güte, mir zu sagen, was?

MARGARET Ich habe Billy Brown auf der Straße getroffen. Er meinte, aus dir wäre ein guter Architekt geworden, wenn du bei der Stange geblieben wärst.

DION Schmeichler! Statt vom College abzugehen, als mein alter Herr starb? Statt Margaret zu heiraten, ins Ausland zu reisen und glücklich zu sein?

MARGARET *als hätte sie nichts gehört* Er sprach davon, wie gut du früher gezeichnet hättest.

DION Billy war einmal in Margaret verliebt.

MARGARET Er wollte wissen, warum du nie bei ihm vorbeigeschaut hast.

DION Der Himmel hat seinen Erfolg beschlossen. Es ist der Wille des Mammon! Anthony und Brown, Bauunternehmer und Baumeister – der Tod kassiert Anthony, und ich verkaufe meine Anteile – Billy macht seinen Abschluß – Brown & Sohn, Architekten und Baumeister – Brown senior verscheidet an Vaterstolz – und übrig bleibt jetzt William A. Brown, Architekt! Allein seine Karriere ist schon architektonisch gestaltet! Ein Sandförmchen Gottes!

MARGARET Er hat ausdrücklich um deinen Besuch gebeten.

DION *springt auf – dogmatisch* Nein! Stolz! Ich habe gelebt!

MARGARET Warum sprichst du nicht mal mit ihm?

DION Stolz auf mein Versagen!

MARGARET Ihr wart doch immer gute Freunde.

DION *immer verzweifelter* Der Stolz, der nach dem Sündenfall des Menschen kam – der Stolz, mit dem er als Schöpfer über seine selbstverschuldeten Niederlagen lacht!

MARGARET Ich denk dabei nicht an mich – sondern an dich – und vor allem an die Kinder!

DION *mit schrecklicher Verzweiflung* Stolz! Stolz, ohne den die Götter nur Gewürm sind!

MARGARET *nach einer Pause – demütig und ergeben* Du möchtest es nicht? Es würde dich kränken? Laß gut sein, Schatz. Mach dir nichts draus. Wir werden es schon irgendwie schaffen – du mußt dir keine Sorgen machen – du mußt wieder anfangen, deine schönen Bilder zu malen – und ich kann die Stelle in der Bibliothek bekommen – die Arbeit dort würde mir solchen Spaß machen! ... *Sie greift nach seiner Hand – zärtlich.* Ich liebe dich, Schatz. Ich versteh dich.

DION *sackt gebrochen auf seinen Stuhl. Beide wenden sich voneinander ab, obwohl sie sich noch an den Händen halten – mit bebender, versagender Stimme.* Der Stolz erstirbt! *Wie erstickend reißt er sich die Maske vom resignierten, blassen, leidenden Gesicht. Er betet wie ein Heiliger in der Wüste, der einen Dämon bannt.* Der Stolz ist tot! Selig sind die Sanftmütigen! Selig sind, die da geistlich arm sind!

MARGARET *ohne ihn anzusehen – in einem tröstenden und mütterlichen Ton* Mein armer Junge!

DION *böse – nimmt die Maske wieder vor und springt auf – höhnisch* Selig sind die Sanftmütigen, denn sie werden Gräber besitzen! Selig sind, die da geistlich arm sind, denn sie sind blind! *Dann gequält und bitter* Na schön. Dann bitte ich meine Frau, bei Billy Brown vorstellig zu werden – das ist noch vernichtender, als würde ich selbst hingehen! *Mit wildem Spott* Frag ihn doch, ob er nicht eine freie Stelle weiß für einen talentierten jungen Mann, der nur ehrlich ist, wenn er nicht nüchtern ist – bitte ihn, beschwöre ihn im Namen alter Liebe, alter Freundschaft – ein großmütiger Held zu sein und die Frau und ihre Kinder zu retten! *Er lacht im Hinausgehen voll diabolischer, ironischer Freude.*

MARGARET *demütig* Gehst du aus, Dion?

DION Ja.

MARGARET Schaust du bitte beim Metzger rein und läßt uns zwei Pfund Schweinskoteletts schicken?

DION Ja.

MARGARET Und geh doch bei Mrs. Young vorbei und sag den Kindern, sie sollen gleich nach Hause kommen.

DION Ja.

MARGARET Bist du zum Abendessen zurück, Dion?

DION Nein.

*Er geht, die Haustür knallt. Margaret seufzt müde und verständnislos, tritt ans Fenster und starrt hinaus.*

MARGARET *besorgt* Hoffentlich passen sie auf, wenn sie über die Straße gehen.

Vorhang

## Zweites Bild

*Szene: Billy Browns Büro um fünf Uhr nachmittags. In der Mitte ein eleganter Mahagonischreibtisch, dahinter ein Drehstuhl. Rechts vom Schreibtisch ein Bürosessel. Links vom Schreibtisch ein Bürosofa. Den Hintergrund bildet der Prospekt einer Bürowand, der mit derselben übertrieben akribischen Detailtreue gestaltet ist wie im ersten Bild. Billy Brown sitzt am Schreibtisch und studiert beim Licht einer Schreibtischlampe eine Blaupause. Er hat sich zu einem gutaussehenden, gutgekleideten, tüchtigen, studierten amerikanischen Geschäftsmann entwickelt, noch immer jungenhaft und mit derselben gewinnenden Persönlichkeit wie früher. Das Telefon klingelt.*

BROWN *nimmt den Hörer ab* Ja? *Überrascht* Wer? *Dann hocherfreut* Sie soll gleich reinkommen.
*Er steht auf und geht erwartungsvoll und gespannt zur Tür. Margaret tritt ein. Ihr Gesicht ist verborgen hinter der Maske einer schönen jungen Matrone, mehr Mädchen als Frau, die sich allen Dingen gegenüber um eine naiv-unschuldige und tapfer-hoffnungsvolle Haltung bemüht und sich nach außen hin keine Verletzung anmerken läßt. Sie ist genauso gekleidet wie im ersten Bild, hat sich aber noch eine Spur mehr Schick gegeben.*

MARGARET *ganz vergnügt* Hallo, Billy Brown!

BROWN *Ihre Gegenwart macht ihn verlegen, er schüttelt ihr die Hand.* Komm rein. Setz dich. Das nenne ich aber eine angenehme Überraschung, Margaret. *Sie setzt sich auf das Sofa. Er nimmt wieder hinter dem Schreibtisch Platz.*

MARGARET *sieht sich um* Ein herrliches Büro! Meine Güte, Billy Brown wird wirklich vornehm!

BROWN *erfreut* Ich bin gerade erst eingezogen. Das alte Büro war einfach zu muffig.

MARGARET Es wirkt richtig wohlhabend – aber es heißt ja auch überall, daß es bei Billy Brown prima läuft.

BROWN *bescheiden* Naja, um ehrlich zu sein, es war eine ganze Menge Glück dabei. Mir ist fast alles in den Schoß gefallen. *Dann mit verschämtem Stolz* Immerhin – etwas habe ich auch beigesteuert. *Er nimmt den Plan vom Schreibtisch.* Siehst du? Das ist mein Entwurf für das neue Rathaus. Der Ausschuß hat ihn gerade angenommen – vorläufig.

MARGARET *nimmt den Plan – geistesabwesend* Oh? *Sieht die Zeichnung zerstreut an. Pause. Unvermittelt* Du hast neulich gesagt, Dion hätte früher wirklich gut gezeichnet –

BROWN *etwas steif* Aber ja. *Er nimmt ihr die Zeichnung weg und überfliegt sie interessiert und stirnrunzelnd.* Hast du irgend etwas daran auszusetzen?

MARGARET *gleichgültig* Nicht im geringsten.

BROWN *mit einem vergnügten Grinsen* Der Ausschuß möchte es eine Spur amerikanischer haben. Sie finden, es erinnere zu sehr an ein traditionelles gräko-romanisches Grabmal. *Lacht* Sie wollen einen Schuß von diesem modernen Kram drin haben, damit es lebendiger wird und sich von den übrigen Rathäusern unterscheidet. *Er legt die Zeichnung zurück auf den Schreibtisch.* Und ich hab rumgeknobelt, wie ich ihnen das liefern kann, aber das scheint irgendwie nicht auf meiner Linie zu liegen. Hast du vielleicht eine Idee?

MARGARET *als hätte sie nichts gehört* Dion zeichnet wirklich gut, das hat Billy Brown eben gesagt?

BROWN *versucht, seinen Ärger zu verbergen* Ja, doch – das konnte er – und das kann er vermutlich noch immer. *Pause. Er bezwingt seine, wie ihm scheint, kleinliche Verstimmung und wendet sich ihr großmütig zu.* Aus Dion wäre ein phantastischer Architekt geworden.

MARGARET *stolz* Ich weiß. Er könnte alles erreichen, was er will.

BROWN *nach einer Pause – verlegen* Arbeitet er augenblicklich an irgend etwas?

MARGARET *abwehrend* O ja! Er malt wunderbare Sachen! Aber er ist das reinste Kind, so unpraktisch. Er bemüht sich um keine Ausstellung und unternimmt auch sonst nichts.

BROWN *überrascht* Aber bei unserer zufälligen Begegnung damals, da hat er behauptet, er hätte alle seine Bilder vernichtet – wäre die ganze Malerei leid und hätte sie restlos aufgegeben.

MARGARET *rasch* Das erzählt er den Leuten immer. Stell dir vor, er will nicht mal, daß sich irgendwer die Bilder ansieht! Er sagt immer, sie seien hundsmiserabel – und dabei sind sie doch ganz herrlich! Seine Bescheidenheit schadet ihm nur, findest du nicht? Aber es stimmt schon, seit unserer Rückkehr hat er nicht allzuviel getan. Weißt du, die Kinder nehmen soviel von seiner Zeit in Anspruch. Er liebt sie geradezu abgöttisch. Ich fürchte, er wird noch ein notorischer Familienvater, das krasse Gegenteil von dem, was jeder erwarten würde, der ihn von früher kennt!

BROWN *aufgrund seiner Kenntnis des wahren Sachverhalts peinlich berührt von ihrer Loyalität* Ja, ich weiß. *Er hustet verlegen.*

MARGARET *durch etwas in seinem Betragen aufgerüttelt* Aber die Lästermäuler erzählen vermutlich immer noch dieselben blöden Geschichten über ihn wie früher. *Sie lacht gezwungen.* Armer Dion! Einmal in Verruf, immer in Verruf! *Ihre Stimme klingt ganz gegen ihren Willen ein wenig gebrochen.*

BROWN *hastig* Ich hab nichts gehört – *Er stockt unsicher, dann entschließt er sich, etwas zu riskieren.* – außer Geldgeschichten.

MARGARET *lacht gezwungen* Oh, an denen ist vielleicht sogar einiges dran. Dion geht mit seinem Geld so großzügig und leichtsinnig um wie alle Künstler.

BROWN *läßt nicht locker* Es heißt, daß du dich um eine Stelle in der Bibliothek beworben hast.

MARGARET *mit erzwungener Fröhlichkeit* Aber sicher! Das wäre doch ganz amüsant! Vielleicht erweitert es meinen Horizont! Und wenn schon einer von uns praktisch denken muß, warum nicht ich? *Sie zwingt sich zu einem fröhlichen, mädchenhaften Lachen.*

BROWN *greift impulsiv nach ihrer Hand – verlegen* Hör mal, Margaret. Wir wollen ganz offen sein, einverstanden? Wir sind so alte Freunde, und zum Teufel, ich möchte... Du weißt doch verdammt genau, daß ich alles tun würde, um dir zu helfen – oder Dion.

MARGARET *entzieht ihm ihre Hand, kühl* Tut mir leid – ich weiß nicht, wovon du redest, Billy Brown.

BROWN *heftig verlegen* Nun ja, ich meine – ich meinte nur – falls ihr etwas brauchen solltet – *Pause. Er mustert fragend ihr abgewandtes Gesicht – dann versucht er es anders, sachlich.* Ich hätte Dion einen Vorschlag zu machen – wenn ich ihn bloß mal zu fassen bekäme. Es geht um folgendes. Die Aufträge stapeln sich im Moment nur so bei mir – eine Glückssträhne –, aber ich bin knapp an Personal, ich suche händeringend einen erstklassigen Chefzeichner – sonst zahle ich mächtig drauf. Meinst du, das käme für Dion in Frage – nur vorübergehend zur Aushilfe – bis er wieder Lust hat zum Malen?

MARGARET *bemüht, ihre Begeisterung und Freude zu verbergen – abwägend* Ja – ich glaube schon. Er ist ein feiner Kerl, und Billy und er waren doch mal dicke Freunde. Ich weiß, daß er ihm wahnsinnig gern aus der Klemme helfen würde.

BROWN *zögernd* Ich dachte, es würde ihm vielleicht etwas ausmachen, für mich – ich meine, mit mir zu arbeiten – denn wenn er seine Anteile damals nicht an Dad verkauft hätte, dann wäre er heute mein Partner – *Aufrichtig* Und verdammt noch mal, ich wünschte, er wäre es! *Dann abrupt* Mal sehen, ob wir die Sache nicht gleich perfekt machen können, Margaret. Ist er jetzt zu Hause? *Er greift nach dem Telefon.*

MARGARET *hastig* Nein, er – er macht einen langen Spaziergang.

BROWN Vielleicht erwische ich ihn ja später irgendwo in der Stadt.

MARGARET *fast flehend* Bitte, mach dir keine Umstände. Das ist wirklich nicht nötig. Ich bin sicher, wenn ich mit ihm rede – er kommt zum Abendessen nach Hause – *Steht auf* Also abgemacht? Dion wird überglücklich sein, einem alten Freund helfen zu können – er ist unglaublich anhänglich, und er hat Billy Brown immer so gern gehabt! *Hält ihm die Hand hin* Ich muß jetzt wirklich gehen!

BROWN *schüttelt ihre Hand* Auf Wiedersehen, Margaret. Ich hoffe, du läßt dich bei uns recht oft sehen, wenn Dion hier arbeitet.

MARGARET Bestimmt. *Geht ab*

BROWN *setzt sich wieder an den Schreibtisch und blickt in einer angenehmen, melancholischen Träumerei vor sich hin. Er murmelt bewundernd, aber bedauernd.* Arme Margaret! Sie ist ein feiner Kerl, aber sie hat's verflucht schwer! *Empört* Weiß Gott, ich werd Dion demnächst ordentlich den Kopf waschen müssen!

Vorhang

## Drittes Bild

*Szene: Cybels Salon. In der Mitte hinten ein elektrisches Münzpianola. Links davon ein schmutziges, vergoldetes Sofa aus zweiter Hand. Rechts ein abgewetzter, dunkelroter Plüschsessel. Der Prospekt für die Rückwand ist eine billige, stumpf-ockerfarbene Tapete, die verschwommen an einen Brachacker im Vorfrühling erinnert. Auf dem Klavier ein billiger Wecker. Daneben ihre Maske.*
*Dion liegt lang ausgestreckt auf dem Rücken in tiefem Schlaf auf dem Sofa. Die Maske ist ihm auf die Brust gefallen. Sein bleiches Gesicht ist sonderbar rein, vergeistigt und traurig.*
*Das Münzpianola hämmert matt ein Schnulzenpotpourri von ›Mutter-Mama‹-Melodien.*
*Cybel sitzt auf dem Hocker vor dem Pianola. Sie ist ein kräftiges, ruhiges, sinnliches, blondes Mädchen um die Zwanzig mit einem frischen Teint, vollen Brüsten und breiten Hüften. Ihre Bewegungen sind langsam und träge wie die eines Tieres, ihre großen Augen reflektieren träumerisch die Regungen elementarer Instinkte. Sie kaut Kaugummi wie eine heilige Kuh, die über ewigen Zielen die Zeit vergißt. Ihr Blick ruht teilnahmslos auf Dions blassem Gesicht.*

CYBEL *blickt, als die Melodie verklingt, auf den Wecker, der Mitternacht anzeigt, geht dann langsam zu Dion und legt ihm sacht die Hand auf die Stirn* Aufwachen!
DION *regt sich, seufzt und murmelt verschlafen* »ER aber

legte ihnen die Hand auf und heilte sie.« *Dann reißt er die Augen auf, richtet sich halb auf und starrt sie verstört an.* Was – wo – wer sind Sie? *Er greift zu seiner Maske und streift sie sich zum Schutz übers Gesicht.*

CYBEL *gelassen* Bloß wieder mal 'ne Frau. Du bist bei mir auf der Treppe eingepennt. Ich wollte nicht schon wieder Stunk mit den Bullen kriegen, wenn sie dich da schnappen und mir dafür was anhängen wollen, also hab ich dich reingeholt, damit du deinen Rausch ausschlafen kannst.

DION *spöttisch* Selig sind die Mitleidigen, Schwester im Herrn! Ich bin pleite – aber der Himmel wird's dir lohnen!

CYBEL *gelassen* Ich hab mein Mitleid nicht an den Falschen verschwendet. Wozu auch? Dir ging's doch prima, stimmt's?

DION *beifällig* Ausgezeichnet! Ein Moralapostel bist du jedenfalls nicht.

CYBEL *fährt fort* Und wie ein braver Junge siehst du auch aus – im Schlaf wenigstens! Und jetzt marschierst du wohl besser nach Hause in die eigene Falle, sonst lassen sie dich womöglich nicht mehr rein.

DION *spöttisch* Jetzt wirst du aber mütterlich, Fräulein Erde. Sonst fällt dir nichts ein – als mich in die nächstbeste Windel zu stecken? *Sie starrt auf seine Maske hinunter, ihr Gesicht verhärtet sich. Er lacht.* Aber streich mir doch weiter die sehrende Stirn. Deine Hand lindert die Stiche meiner Gedanken wie eine kühlende Heilerdepackung!

CYBEL *gelassen* Hör auf mit dem Theater! Schmierenkomödianten find ich zum Kotzen. *Sie schaut ihn abwartend an, ob er nun nicht die Maske abnimmt – dann wendet sie sich gleichgültig ab und geht zum Pianola.*

Na schön, wenn du unbedingt den höllischen Draufgänger spielen willst wie die übrigen Sportsfreunde, die hier angetrabt kommen, dann muß ich wohl mitmachen. *Sie setzt die Maske auf – dann dreht sie sich um mit dem grellgeschminkten Gesicht einer abgebrühten Prostituierten. Rauh und barsch* Wenn du was Unehrenhaftes im Sinn hast, dann sag's bitte gleich! Ich kann nicht die ganze Nacht aufbleiben und Händchen halten. Musik! *Sie stöpselt einen Stecker ins Pianola. Dasselbe Schnulzenpotpourri setzt wieder ein. Die beiden Masken starren sich an. Sie lacht.* Schieß los! Ich bin bereit! Du bist am Zug, Klein-Luzifer!

DION *nimmt langsam die Maske ab. Sie stellt abrupt die Musik ab. Sein Gesicht ist sanft und traurig – demütig.* Es tut mir leid. Berührt zu werden, war für mich immer eine Qual!

CYBEL *nimmt ihre Maske ab – als sie zurückkommt und sich auf den Hocker setzt, sagt sie mitfühlend* Armes Kind! Ich hab nie eins gehabt, aber ich kann's mir lebhaft vorstellen. Sie küssen und knuddeln dich, sie nehmen dich auf den Schoß und pieksen dich und wollen dir beim An- und Ausziehen zusehen – als wärst du ihr Eigentum – ich schwör's dir, mit meinem dürften sie so was nicht machen!

DION *wendet sich zu ihr* Du steckst auch in einer Sackgasse. *Streckt ihr plötzlich die Hand hin* Aber du bist stark. Wollen wir nicht Freunde werden?

CYBEL *seltsam ernst, sieht ihn forschend an* Und niemals mehr?

DION *mit einem eigenartigen Lächeln* Sagen wir lieber, niemals weniger!

*Es klingelt an der Haustür. Sie starren sich an. Es klingelt wieder.*

CYBEL *setzt sich die Maske auf, Dion ebenso. Spöttisch* Wer von der Liebe leben muß, der tut sich schwer, das Leben zu lieben. Am besten, ich geh in die Gewerkschaft und propagiere die Acht-Stunden-Nacht! Hast du 'nen Nickel, Schatz? Mach Musik.
*Sie geht hinaus. Dion wirft eine Münze ein. Wieder ertönt dasselbe Schnulzenpotpourri. Cybel kommt zurück, hinter ihr Billy Brown. Sein Gesichtsausdruck ist starr und unbeweglich, kann aber seinen überheblichen Abscheu vor Dion nicht verbergen. Dion würgt die Musik ab und wechselt einen Blick mit Billy. Cybel schaut ihnen dabei zu – dann mit einem gelangweilten Gähnen.* Er sucht nach dir. Macht's Licht aus, wenn ihr geht. Ich hau mich aufs Ohr. *Im Hinausgehen, als wäre ihr gerade etwas eingefallen, zu Dion* Das Leben ist schon okay, man darf sich bloß nicht drum kümmern. *Dann wirft sie Billy automatisch ein strahlendes Berufslächeln zu.* Jetzt kennst du ja den Weg, Süßer. Schau mal wieder vorbei! *Sie geht.*

BROWN *nach einer peinlichen Pause* Hallo, Dion! Ich hab die ganze Stadt nach dir abgeklappert. Das hier war meine letzte Chance... *Pause – verlegen* Komm, gehen wir ein Stück.

DION *spöttisch* Sport treib ich nicht mehr. Davon lebt man angeblich noch länger.

BROWN *eindringlich* Komm schon, Dion, sei nicht so. Hier kannst du doch nicht bleiben –

DION Das könnte Billy so passen: Dion in flagranti erwischt!

BROWN Sei nicht so bescheuert! Hör zu: Ich bin aus reinem Egoismus hier. Du mußt mir helfen.

DION *erstaunt* Was?

BROWN Ich möchte dir einen Vorschlag machen, und

vielleicht kannst du ihn aus alter Freundschaft in Erwägung ziehen. Kurz und gut, Dion, ich brauche dich in der Firma.

DION *lacht hart auf* Aha, der Job. So ist mein armes Weib denn kniefällig geworden!

BROWN *indigniert – schroff* Umgekehrt, ich habe den Kniefall gemacht, damit sie dich bekniet, ja zu sagen! *Noch schärfer* Jetzt hör mal zu, Dion, es paßt mir nicht, daß du so über Margaret sprichst! Das sagst du auch nur, weil du besoffen bist! *Er packt und schüttelt ihn plötzlich.* Menschenskind, was ist denn los mit dir? Früher warst du doch auch nicht so! Was hast du denn eigentlich vor, Herrgott noch mal! Willst du unbedingt in der Gosse landen und Margaret mit hinunterziehen? Du hättest sie hören sollen! Wie sie dich in Schutz genommen hat! Was für fromme Lügen sie mir aufgetischt hat: Wie hart du arbeitest, was du alles Schönes malst, wie häuslich du bist und wie kinderlieb! Wo doch die ganze Stadt weiß, daß du dich jede Nacht rumtreibst und das bißchen, was du noch hast, bis auf den letzten Cent versäufst und verspielst... *Er schweigt beschämt und versucht, seine Beherrschung zurückzugewinnen.*

DION *müde* Über ihren Mann hat sie fromme Lügen erzählt, nicht über mich, du Trottel! Aber das verstehst du sowieso nicht! *Plötzlich aufbrausend* Was verlangst du eigentlich? Ich sag zu allem ja und amen – nur, Geheimnisse in taube Ohren zu brüllen, – soweit demütige ich mich nicht!

BROWN *versucht, ihn einzuschüchtern – grob* Quatsch! Keine Ausflüchte! Du hast keine Entschuldigung, und das weißt du auch. *Dann, als Dion nicht reagiert – zerknirscht* Ja, Alter, ich weiß, ich sollte so was nicht sagen! Aber wir kennen uns doch schon ewig – und ich kann's einfach nicht mit ansehen, wie du dich kaputtmachst – dabei hast du doch mehr auf dem Kasten gehabt als wir alle! Aber was soll's, du mit deinem elenden Zynismus nimmst mir das wahrscheinlich sowieso nicht ab!

DION *gerührt* An Billy hat Dion Anthony immer einen guten Freund gehabt.

BROWN Das kannst du laut sagen – und ich hätt's dir auch schon längst bewiesen, wenn du mir jemals die Chance dazu gegeben hättest! Aber dir andauernd hinterherrennen und mir eine Abfuhr nach der anderen holen, das kann ich nicht. Schließlich hat jeder seinen Stolz!

DION *mit bitterem Spott* Absolut nicht! Damit ist es vorbei! Ein für allemal! Stolz ist was Unmoralisches! Selig sind die da geistlich arm sind, Bruderherz! Wann soll ich antreten?

BROWN *eifrig* Du nimmst also – du hilfst mir?

DION *lustlos und bitter* Ja, ich nehme den Job. Irgendwie muß man ja seine Zeit totschlagen, während man wartet auf die nächste Inkarnation.

BROWN *scherzhaft* Über Reinkarnation würd ich mir augenblicklich noch nicht den Kopf zerbrechen. *Er versucht, Dion loszueisen.* Komm jetzt, es wird spät.

DION *schüttelt die Hand ab, die ihm Brown auf die Schulter gelegt hat, und geht auf Distanz – nach einer Pause* Steht der Sessel von meinem Vater noch an seinem Platz?

BROWN *wendet sich verlegen ab* Das weiß ich jetzt wirklich nicht, Dion – da muß ich nachschauen.

DION *nimmt die Maske ab – spricht langsam* Ich würde gern da sitzen, wo er das Geld verdient hat, das ich verschleudert habe. Wie fremd wir einander doch waren! Auf dem Totenbett kam mir sein Gesicht so bekannt vor, daß ich mich fragte: Wo bin ich denn dem schon einmal begegnet? Nur in dem kurzen Moment meiner Zeugung. Danach wurden wir Feinde, heimlich und verschämt. Und meine Mutter? Ich erinnere mich an ein liebes, süßes, eigenartiges Mädchen, das zärtlich und erstaunt in die Welt schaute, als ob Gott sie kommentarlos in ein dunkles Kämmerchen gesperrt hätte. Als Spielzeug ließ ihr der böse Riese, ihr Ehemann, nur mich. Und in dem Haus spielte sie mit mir Mutter und Kind viele Jahre lang, bis ich sie schließlich durch zwei Tränen hindurch sterben sah mit dem scheuen Stolz einer Frau, die längere Kleider trägt und das Haar hochsteckt. Und ich kam mir vor wie ein liegengelassenes Spielzeug, und ich weinte und wollte mit ihr begraben werden, denn nur ihre Hände konnten streicheln, ohne zu krallen. Sie lebte lange und alterte stark in den zwei Tagen, bevor sie ihren Sarg schlossen. Als ich sie zum letzten Mal ansah, da hatte sie mich in ihrer Reinheit vergessen. Unbefleckt und unvergänglich lag sie da, und ich wußte, daß mein Schluchzen häßlich und unbedeutend war angesichts ihrer Jungfräulichkeit. Da zuckte ich zurück, zurück ins Leben, mit bloßgelegten Nerven, die wie Flöhe hüpften, und dann nahm die Natur ihren Lauf, und im Mondschein nannte mich bald ein anderes Mädchen ihren lieben Jungen und heiratete mich und wurde drei Mütter in einer Person, während ich mir farbige Pfoten holte in dem Bemühen, Gott zu erkennen! *Er lacht ungebärdig – setzt sich die Maske auf.* Aber der alte Scherzkeks da oben hatte mich mit schlechten Augen gesegnet, so daß ich nun meiner Suche nach Ihm entsagen muß und mich statt dessen begeistere für den Allgegenwärtigen, den Erfolgreichen, den

Ernsten, den Großen Gott Mr. Brown! *Er verbeugt sich schwungvoll-spöttisch vor ihm.*

BROWN *indigniert, aber ihm trotzdem gut zuredend* Halt die Klappe, du Spinner! Du bist ja immer noch blau. Komm, wir gehen. *Er packt Dion am Arm und löscht das Licht.*

DION *aus dem Dunkel – spöttisch* Ich bin dein geschorenes Lamm, nackt und kahl! Leite mich, Allmächtiger Brown, du Licht der Verheißung!

Vorhang

## Zweiter Akt

### Erstes Bild

*Szene: Cybels Salon – gegen Sonnenuntergang im Frühling, sieben Jahre später. Dieselbe Einrichtung, nur Sessel und Sofa sind neu: teure Stücke in strahlenden Farben. Das alte elektrische Münzpianola in der Mitte wirkt unverändert. Der billige Wecker steht noch immer darauf. Rechts und links neben der Uhr liegen die Masken von Dion und Cybel. Den Hintergrund-Prospekt bildet eine leuchtende, knallige Tapete, auf der rote und violette Blumen und Früchte chaotisch durcheinanderwirbeln.*
*Dion sitzt auf dem Sessel rechts, Cybel auf dem Sofa. Zwischen ihnen steht ein Spieltisch. Jeder legt für sich eine Patience. Dion ist inzwischen vorzeitig ergraut. Sein Gesicht trägt die Züge eines Asketen, eines Märtyrers, es ist von Schmerz und Selbstqual zerfurcht, aber innere Ruhe und menschliche Güte erhellen es.*
*Cybel ist kräftiger und üppiger geworden, ihr Gesicht ist noch glatt und frisch, und sie strahlt noch tiefere Ruhe und Gelassenheit aus. Sie wirkt wie ein unerschütterliches Abbild der Mutter Erde.*
*Das Pianola leiert dasselbe alte Schnulzenpotpourri. Beide legen selbstversunken und zufrieden ihre Patience. Die Musik verstummt.*

CYBEL *nachdenklich* Ich mag diese gräßlichen alten Schnulzen. Sie verraten mir etwas über die Menschen. So sieht's in ihnen nämlich aus – darum lieben und morden sie ihren Nächsten – musikalisch vertonte Heulkrämpfe!

DION *mitfühlend* Jedes Lied ist ein Choral. Die Menschen wollen immer das Wort finden, das im Anfang war.

CYBEL Sie wollen zuviel wissen. Das macht sie schwach. Ich hab ihnen nie Rätsel aufgegeben. Ich hab ihnen ein Flittchen präsentiert. Damit hatten sie keine Probleme und mit ihrer eigenen Rolle auch nicht, und alles ging glatt über die Bühne. So konnten sich beide Seiten treu bleiben, wenn du kapierst, was ich meine. *Sie spielt die letzte Karte – gleichgültig.* Wieder mal geschafft.

DION *lächelnd* Unheimlich, dein Glück. Bei mir geht's nie auf.

CYBEL Du bist schon ganz dicht dran, aber das Glück weiß eben, daß du immer noch gewinnen willst – ein ganz klein bißchen wenigstens –, und bei mir weiß es, daß es mir nur ums Spielen geht. *Sie legt die Karten neu aus.* Apropos Klimperkasten – unser Mr. Brown haßt die alte Kiste.

*Als Browns Name fällt, zittert Dion plötzlich wie ein Besessener, ringt furchtbar mit sich, erhebt sich dann ganz mechanisch, während sie weiterspricht, und setzt seine Maske auf. Das Maskengesicht ist jetzt entsetzlich verwüstet. Die Züge des Pan haben sich zu einer diabolisch-mephistophelischen Grausamkeit und Ironie verzerrt.*

Die Musik an sich stört ihn nicht. Die mag er irgendwie. Aber den Kasten findet er schäbig und möchte ihn am liebsten verschrotten. Ich hab ihm gesagt, bloß weil er mich schon so ewig lange aushält, muß er nicht rumkommandieren wie ein Ehemann, sonst – *Sie blickt auf und sieht den maskierten Dion am Pianola stehen.* He! Schon wieder eifersüchtig?

DION *höhnisch* Verliebst du dich jetzt etwa in deinen Heger und Pfleger, du alte heilige Kuh?

CYBEL *ohne beleidigt zu sein* Laß den Quatsch! Damit nervst du mich jetzt schon seit Jahren. Reiß dich zusammen! Er ist gesund und sieht gut aus – aber er hat zuviel auf dem Gewissen. Warum tust du eigentlich so, als sei die Liebe so wichtig? Sie ist nur eine von vielen Sachen, die man eben macht, um das Leben lebendig zu halten.

DION *im selben Ton* Dann hast du also gelogen, du Miststück, als du gesagt hast, daß du mich liebst?

CYBEL *liebevoll* Du wirst nie erwachsen! Wir sind doch jetzt schon sieben Jahre befreundet, stimmt's? Ich habe nie zugelassen, daß wir uns begehren. Doch, ich liebe dich. Zu einer Welt gehören alle möglichen Arten von Liebe! Unsere Liebe ist die Crème de la Crème, möchte ich mal sagen, vom Allerfeinsten! *Pause. Einfühlsam* Hör auf, Versteck zu spielen. Ich kenne dich doch.

DION *nimmt langsam die Maske ab, geht mit müden Schritten zu ihr, setzt sich zu ihren Füßen und legt den Kopf in ihren Schoß – mit einem dankbaren Lächeln* Du bist stark. Du gibst nur. Du hast meiner Schwäche die Kraft zum Leben gegeben.

CYBEL *streichelt ihm mütterlich das Haar – zärtlich* Du bist nicht schwach. Du bist schon mit dunklen Ahnungen zur Welt gekommen, und du hattest den Mut, in die eigene Finsternis zu blicken – und du hast Angst bekommen. *Nach einer Pause* Ich nehm's dir nicht übel, daß du manchmal eifersüchtig auf Mr. Brown bist. Ich bin ja auch eifersüchtig auf deine Frau, obwohl ich weiß, daß du sie wirklich liebst.

DION *langsam* Ich liebe Margaret. Ich weiß nicht, wer meine Frau ist.

CYBEL *nach einer Pause – mit einem eigenartig brüchigen Lachen* O Gott, manchmal, da knallt mir die Wahrheit so eins vor die Birne, daß ich Sterne sehe! – und dann tut ihr mir alle so verdammt leid, jeder einzelne Mistkerl von euch, daß ich nackt auf die Straße rausrennen und die ganze Bande bis zum Umfallen lieben möchte, so als würd ich euch alle mit 'nem neuen Stoff versorgen, damit ihr endgültig vergeßt, was einmal alles war! *Dann mit einem verzerrten Lächeln* Aber für die Typen wäre ich doch genauso Luft, wie sie's füreinander sind. Die machen sowieso immer so weiter und sterben auch ohne meine Hilfe.

DION *traurig* Mir hast du Kraft zum Sterben gegeben.

CYBEL Vielleicht bist du ja wichtig, aber dein Leben ist es nicht. Davon gibt es in jeder Sekunde Millionen neue. Das Leben kann sogar für einen Trottel zu teuer kommen – wie alles auf der Welt. Und heilig ist es nicht – nur das Du darin. Der Rest ist Staub.

DION *fällt auf die Knie, blickt mit gefalteten Händen verzückt auf und betet mit asketischer Inbrunst* »In deine Hände, o Herr« ... *Dann plötzlich mit entsetztem Blick* Nichts! Spüren, wie das eigene Leben ausgeblasen wird wie ein brennendes billiges Streichholz ...! *Er setzt jäh die Maske auf und lacht rauh.* Einschlafen und wissen, daß man nie, nie mehr geweckt wird, um wieder an die Arbeit des Lebens zu gehen! »Auf raschen Schwingen nahe dich! Komm bald – bald!« *Er zitiert dies mit spöttischer Sehnsucht.*

CYBEL *tätschelt ihm mütterlich den Kopf* Hab keine Angst. Das liegt im Blut. Du wirst sehen, wenn die Zeit kommt, ist es ganz leicht.

DION *springt auf und geht erregt umher* Lang dauert's nicht mehr. Meine Frau hat vorgestern einen Arzt angeschleppt. Er sagt, mein Herz sei kaputt – vom Saufen – Er hat mich gewarnt: Keinen Tropfen mehr, sonst –

*Spöttisch* Was meinst du? Sollen wir uns einen Drink genehmigen?

CYBEL *wie ein Götterbild* Mach, was du willst. In der Anrichte steht eine Flasche. *Dann, als er zögert* Was soll eigentlich diese Sauftour? Du hast mir doch dauernd was von irgendwelchen Entwürfen für eine Kathedrale vorgeschwärmt...

DION *mit rasendem Spott* Man hat sie angenommen – Mr. Browns Entwürfe! Eigentlich meine Entwürfe! Das brauche ich dir wohl nicht extra zu sagen. Er drückt mir einen mathematisch korrekt konstruierten Schuppen nach dem anderen in die Hand, und ich motze ihn mit schicken Details so auf, daß dort irgendwelche Trottel unbedingt kaufen, verkaufen, Kinder zeugen, schlafen, lieben, hassen, fluchen und beten wollen! Darin bin ich teuflisch raffiniert, und alle sind total begeistert! Früher hab ich davon geträumt, das windgepeitschte Meer zu malen und Wolkenschatten, die über die Baumwipfel dahingleiten! Jetzt... *Er lacht.* Aber Stolz ist eine Sünde – sogar in der Erinnerung eines längst Toten! Selig sind, die da geistlich arm sind! *Er sinkt ermattet in seinen Sessel und preßt die Hand aufs Herz.*

CYBEL *wie ein Götterbild* Geh nach Hause und schlaf dich aus. Deine Frau wird sich Sorgen machen.

DION Sie weiß Bescheid – aber sie würde sich niemals eingestehen, daß ihr Mann dein Haus betreten hat. *Spöttisch* Frauen sind eben anhänglich – sie hängen an ihrer Eitelkeit und dem, was sie sonst noch besitzen!

CYBEL Denk dran, Brown wird gleich auftauchen.

DION Der weiß doch auch Bescheid und kann's nicht zugeben. Vielleicht braucht er's, daß ich hier bin – ohne sein Wissen. Was glaubst du denn, hat sein Verlangen, dich ausschließlich zu besitzen, überhaupt erst geweckt? Er wußte, daß du mich liebst, und er fühlte sich betrogen. Er wollte das, was er für meine Fleischeslust hielt! Er meint, ich habe kein Recht auf Liebe. Er möchte sie mir stehlen, so wie er meine Ideen stiehlt – selbstgefällig – selbstgerecht. Ach, der gute Brown!

CYBEL Aber du magst ihn auch! Irgendwie scheint ihr mir Brüder zu sein! Du weißt doch, daß er bezahlt und bezahlen wird – so oder so!

DION *hebt, wie um die Maske abzunehmen, den Kopf* Ich weiß. Armer Billy! Gott vergib mir, was ich ihm angetan habe!

CYBEL *nimmt seine Hand* Armer Junge!

DION *drückt sie krampfhaft an sich – dann mit erzwungener Schroffheit* Na denn, heimwärts, du Streiter Christi! Ich bin weg! Bye-bye, Mutter Erde! *Er will links abgehen. Sie scheint ihn nicht aufhalten zu wollen.*

CYBEL *fährt plötzlich auf und ruft in tiefem Schmerz* Dion!

*Er sieht sie an. Pause. Er kommt langsam zurück. Sie spricht mit fremdklingender, tiefer Stimme wie von weit her – und doch wie eine Mutter, die mit ihrem kleinen Jungen redet.*

Vergiß nicht, mir einen Kuß zu geben, bevor du gehst, Dion. *Sie nimmt ihm die Maske ab.* Hab ich dir nicht gesagt, du sollst im Haus die Maske abnehmen? Schau mich an, Dion. Ich – habe gerade – etwas – gesehen. Ich fürchte, du gehst sehr, sehr weit fort. Ich fürchte, ich werde dich sehr, sehr lange nicht wiedersehen. Wir müssen also Abschied nehmen, mein Schatz. *Sie küßt ihn sanft. Er beginnt zu schluchzen. Sie reicht ihm die Maske.* Hier. Paß auf dich auf. Denk dran, das Ganze ist ein Spiel, und wenn du eingeschlafen bist, deck ich dich zu.

DION *mit einem erstickten, untröstlichen Schrei* Mutter! *Dann setzt er sich mit einer gewaltigen Willensanstrengung die Maske auf – spöttisch.* Zum Teufel mit dir, du sentimentale alte Nutte! Bis morgen! *Er geht pfeifend ab und schlägt die Tür zu.*

CYBEL *wieder wie ein Götterbild* Wozu Kinder gebären? Wozu dem Tod das Leben schenken?

*Sie seufzt erschöpft, wendet sich um, stöpselt das Pianola ein, das wieder die alten Schnulzen leiert. Im selben Augenblick tritt Brown leise von rechts auf. Er ist der Idealtyp des noch jugendlichen, gutaussehenden, gepflegten, erfolgreichen vierzigjährigen Amerikaners aus der Provinz. Im Moment wirkt er allerdings verstört. Er kann weder Cybels Gesicht noch ihre Maske sehen.*

BROWN Cybel!

*Sie zuckt zusammen, würgt die Musik ab, greift nach ihrer Maske, hat aber keine Zeit, sie aufzusetzen.*

Das war doch Dion, der da gerade rausgegangen ist – dabei hast du mir hoch und heilig versprochen, ihn nie wiederzusehen!

*Sie wendet sich um wie ein Götterbild und verbirgt die Maske hinter ihrem Rücken. Er starrt sie verblüfft an und stammelt.*

Ich – ich bitte um Verzeihung – ich dachte –

CYBEL *mit ihrer fremdklingenden Stimme* Cybel ist ausgegangen, um in der Erde zu graben und zu beten.

BROWN *gefaßter* Aber – das sind doch ihre Kleider?

CYBEL Cybel will nicht, daß die Leute mich nackt sehen. Ich bin ihre Schwester. Dion war bei mir.

BROWN *erleichtert* Ach, so ist das also? *Dann mit einem mitleidigen Seufzer* Arme Margaret! *Dann mit scherzhaftem Vorwurf* Du solltest ihn wirklich nicht ermutigen. Er ist verheiratet und hat drei halbwüchsige Söhne.

CYBEL Und Sie haben keine.

BROWN *gepeinigt* Nein. Ich bin unverheiratet.

CYBEL Wir waren Freunde, er und ich.

BROWN *augenzwinkernd* Ich kann mir lebhaft vorstellen, wie scharf der Unschuldsengel Dion auf ein platonisches Verhältnis ist! Du brauchst mir über Dion nichts vorzumachen. Wir haben schon im Sandkasten zusammen gespielt. Ich kenne ihn in- und auswendig. Ich hab mich immer für ihn eingesetzt, wenn er was ausgefressen hatte – du kannst also ganz ehrlich zu mir sein. Das vorhin hab ich auch nur wegen Margaret gesagt – für sie ist das ziemlich hart.

CYBEL Sie lieben seine Frau.

BROWN *empört* Was? Was redest du da? *Dann verunsichert* Mach dich doch nicht lächerlich! *Pause – dann mit brennender Neugier* Dion ist also dein Liebhaber, was? Das ist ja hochinteressant. *Er rückt mit dem Sessel näher zu ihr.* Setz dich. Wir plaudern ein bißchen. *Sie bleibt stehen, verbirgt die Maske hinter ihrem Rücken.* Sag mal – das wollte ich nämlich schon immer rauskriegen –, warum wirkt Dion so anziehend auf Frauen – vor allem, nimm's mir nicht übel, auf eine gewisse Sorte Frau? Das war seit jeher so, und trotzdem hab ich nie richtig kapiert, was sie nun eigentlich an ihm finden. Ist es sein Äußeres – oder weil er so ein wüster Sensualist ist – oder weil er den schwierigen Künstler markiert – oder weil er so stürmisch ist – oder was sonst?

CYBEL Er ist lebendig!

BROWN *nimmt plötzlich ihre Hand und küßt sie – einschmeichelnd* Meinst du denn, ich bin nicht lebendig? *Lebhaft* Paß auf. Wie wär's, du gibst Dion auf – dann würde ich für dich sorgen, und wir arrangieren uns so, wie ich mich mit Cybel arrangiert habe. Du gefällst mir, das merkst du ja. Ich werd dir nicht groß lästig fallen – ich hab zuviel um die Ohren – du kannst tun und lassen, was du willst – dein eigenes Leben führen – nur ihn darfst du nicht treffen. *Er schweigt. Pause. Sie starrt ungerührt vor sich hin, als habe sie seine Worte nicht gehört. Drängend* Na – was meinst du dazu? Bitte, sag doch ja!

CYBEL *mit ganz erschöpfter Stimme* Cybel läßt Ihnen ausrichten, daß sie nächste Woche wieder da ist, Mr. Brown.

BROWN *eigenartig gequält* Das heißt, du willst nicht? Du bist grausam! Ich liebe dich! *Sie entfernt sich. Er klammert sich flehend an sie.* Bitte – du kannst von mir alles haben, was du willst – nur versprich mir wenigstens, daß du Dion Anthony nie wiedersehen wirst!

CYBEL *in tiefem Schmerz* Er wird mich nie wiedersehen, ich verspreche es Ihnen! Leben Sie wohl!

BROWN *küßt ihr überglücklich die Hand – höflich* Danke! Danke! Ich bin Ihnen außerordentlich dankbar. *Taktvoll* Und jetzt will ich Sie auch nicht länger stören. Bitte verzeihen Sie meine Zudringlichkeit, und grüßen Sie Cybel von mir, wenn Sie ihr schreiben. *Er verbeugt sich, dreht sich um und geht rechts ab.*

Vorhang

## Zweites Bild

*Szene: Der Zeichenraum in Browns Büro. In der Mitte Dions Zeichentisch mit einem hohen Hocker davor. Rechts davon ein zweiter Hocker. Links eine Bank. Es ist der Abend desselben Tages. Auf den schwarzen Hintergrundprospekt sind Fenster gemalt, hinter denen man im trüben Schein der Straßenbeleuchtung schwarze Häuser auf der gegenüberliegenden Seite sieht. Dion sitzt auf dem Hocker hinter dem Tisch und liest seiner Maske, die vor ihm auf dem Tisch liegt, laut aus der ›Nachfolge Christi‹ von Thomas von Kempen vor. Seine eigenen Züge sind sanfter, vergeistigter, heiligenmäßiger und asketischer als jemals zuvor.*

DION *wie ein Priester, der für einen Sterbenden betet* »Rasch mußt du von hinnen, siehe darum, daß du dein Sach bestellest. O du Narr, lerne sterben der Welt, auf daß du lebest in Christo! Spute dich, mein Sohn, tue jetzo, was in deinen Kräften steht, denn du kennest nicht die Stunde deines Todes, noch das Los so dir darnach beschieden. Weile als ein Pilgrim und ein Fremder auf der Erden, welchem die Geschäfte der Welt nicht angehören! Erhalte frei dein Herz und erhebe es zu Gott, denn deines Bleibens hier währet nicht ewiglich. Denn du wissest nicht die Stunde, da kommen wird der Menschensohn!« Amen! *Er hält wie segnend die Hand über die Maske, schließt das Buch und steckt es in die Tasche. Er hält die Maske hoch und blickt sie mitleidig und zärtlich an.* Friede mit dir, du armer gequälter, tapferer, erbarmungsvoller Menschenstolz, die Stunde der Erlösung naht. Schon morgen vielleicht sind wir bei Ihm im Paradies! *Er küßt die Maske auf die Lippen und legt sie wieder hin. Man hört Schritte auf der Flurtreppe. Er greift in jäher Panik nach der Maske, setzt sie auf, als es an der Tür klopft, und ruft spöttisch.* Hereinspaziert, Mrs. Anthony, immer nur hereinspaziert!

*Margaret tritt ein. Sie versteckt hinter dem Rücken die Maske des tapferen Gesichts, das sie vor der Welt trägt, um ihr Leiden und ihre Enttäuschung zu verbergen. Sie hat die Maske gerade abgenommen. Ihr eigenes Gesicht wirkt noch immer lieb und schön, ist für ihr Alter aber schon faltig, abgespannt und vergrämt, traurig, resigniert, aber auch ein wenig verdrossen.*

MARGARET *mit müdem Vorwurf* Gott sei Dank hab ich dich gefunden! Warum warst du die letzten zwei Tage nicht zu Hause? Reicht es denn nicht, daß du wieder trinkst? Mußt du auch noch von der Bildfläche verschwinden, damit wir uns zu Tode ängstigen?

DION *bitter* Mein Ohr erkannte ihren Schritt! Mit der Zeit erkennt man alles – und sieht nichts!

MARGARET Zuletzt hab ich die Jungs losgeschickt, um dich zu suchen, und bin selber auch losgezogen. *Mit müder Besorgtheit* Vermutlich hast du mal wieder nichts gegessen. Komm doch nach Hause, dann brate ich dir ein Kotelett.

DION *verwundert* Kann Margaret Dion Anthony denn noch lieben? Ist das möglich?

MARGARET *zwingt sich zu einem müden Lächeln* Ich denke schon, Dion. Obwohl ich es eigentlich nicht sollte, oder?

DION *in demselben Ton* Und ich liebe Margaret! Wir sind Gespenster, die einander quälen! Wir haben so viele dunkle Erinnerungen, daß es Millionen Jahre dauern wird, sie zu vergessen! *Er kommt nach vorn, legt einen Arm um ihre gebeugten Schultern, und sie küssen sich.*

MARGARET *tätschelt ihm zärtlich die Hand* Nein, verdient hast du's bestimmt nicht. Was hab ich in den ganzen Jahren, seit wir uns hier niedergelassen haben, wegen dir nicht alles durchgemacht...! Ich glaube, wenn die Jungs nicht gewesen wären, hätte ich das wirklich nicht ausgehalten! *Zwingt sich zu einem Lächeln* Oder vielleicht doch. Ich war ja immer völlig verrückt nach dir.

DION *leicht spöttisch* Die Jungs! Drei kräftige Söhne! Margaret kann sich's leisten, edelmütig zu sein!

MARGARET Wenn sie dich nicht finden, wollen sie mich hier abholen.

DION *plötzlich aufgewühlt – sinkt neben ihr auf die Knie, gequält* Margaret! Margaret! Ich bin einsam! Ich habe Angst! Ich gehe fort! Ich muß Lebewohl sagen!

MARGARET *tätschelt ihm das Haar* Armer Junge! Armer Dion! Komm nach Hause und schlafe.

DION *springt wie rasend auf* Nein! Ich bin ein Mann! Ich bin ein einsamer Mann! Ich kann nicht zurück! Ich habe mich selbst erkannt! *Dann mit verzweifeltem Spott* Sehen Sie mich an, Mrs. Anthony! Dies ist die letzte Gelegenheit! Morgen sitze ich schon in der nächsten Hölle! Schauen Sie ihn sich nur an, Ihren Mann – den wehleidigen, kriecherischen, entsagungsvollen christlichen Sklaven, den Sie im Vater Ihrer Kinder so großmütig ignoriert haben! Sehen Sie her! *Er reißt sich die Maske ab. Sein Gesicht strahlt große, reine Liebe, Sympathie und Zärtlichkeit für sie aus.* O Frau – meine Geliebte – an der ich mich mit meinem krankhaften

Stolz und meiner Grausamkeit versündigt habe – vergib mir meine Sünden – vergib mir meine Einsamkeit – vergib mir meine Schwäche – vergib mir! *Er kniet und küßt den Saum ihres Kleides.*

MARGARET *hat ihn entsetzt angestarrt und hebt jetzt ihre Maske hoch, um sein Gesicht abzuwehren* Dion! Nein! Das ertrage ich nicht! Du bist wie ein Gespenst! Du bist tot! O mein Gott! Hilfe! Hilfe!

*Sie sinkt ohnmächtig auf die Bank. Er sieht sie an – nimmt dann ihre Hand, die die Maske hält, und betrachtet diese Züge – sanft: »Und jetzt darf ich auch dich verstehen und lieben!« Er küßt zuerst die Maske – dann ihr Gesicht und murmelt: »Und dich, Liebste! Selig, dreimal selig sind die Sanftmütigen!« Man hört laute, rasche Schritte auf der Treppe. Er setzt hastig die Maske auf. Die drei Söhne stürzen ins Zimmer. Der Älteste ist ungefähr vierzehn, die beiden anderen dreizehn und zwölf. Es sind gesunde, normale, liebenswerte Jungens, die stark an Billy Brown im ersten Bild des ersten Aktes erinnern. Sie bleiben wie angewurzelt in einer Reihe stehen und blicken von der Frau auf der Bank zu ihrem Vater, anklagend.*

ÄLTESTER Wir haben jemanden schreien hören. Es klang wie Mutters Stimme.

DION *abwehrend* Nein. Es war diese Dame – meine Frau.

ÄLTESTER Ist Mutter denn noch nicht gekommen?

DION *geht zu Margaret* Doch. Eure Mutter ist hier. *Er stellt sich zwischen die Jungen und Margaret und setzt ihr die Maske auf – dann tritt er zurück.* Sie ist ohnmächtig geworden. Kümmert euch besser darum, daß sie wieder zu sich kommt.

DIE JUNGEN Mutter!

*Sie eilen zu ihr, knien sich hin und massieren ihr die Handgelenke. Der Älteste streicht ihr das Haar zurück.*

DION *beobachtet sie* Zumindest lasse ich sie wohl versorgt zurück. *Er wendet sich direkt an die Jungen.* Sagt eurer Mutter, daß sie aus Mr. Browns Haus Nachricht bekommen wird. Ich muß ihm einen Abschiedsbesuch abstatten. Ich gehe jetzt. Lebt wohl.

*Sie halten inne und starren ihn verwirrt, mißtrauisch und gekränkt an.*

ÄLTESTER *linkisch und kleinlaut* Ehrlich, ich finde, du hättest besser...

MITTLERER Ja, ehrlich, du hättest...

JÜNGSTER Ja, ehrlich...

DION *freundlich* Ich weiß. Aber ich konnte nicht. Dazu seid ihr berufen. Ihr müßt für sie die Erde erben. Vergeßt das nicht, Jungens. Lebt wohl.

DIE JUNGEN *nacheinander im gleichen verlegenen und befangenen Ton* Leb wohl – leb wohl – leb wohl.

*Dion geht ab.*

Vorhang

## Drittes Bild

*Szene: Die Bibliothek in William Browns Haus – in derselben Nacht. Der sorgfältig gemalte Hintergrundprospekt zeigt bourgeoisen Kulturwohlstand: mit mehrbändigen Werkausgaben gefüllte Bücherregale, usw. In der Mitte ein wuchtiger, teurer Tisch. Der Ledersessel rechts und die Couch links davon sind opulent-bequem. Außer der Leselampe auf dem Tisch brennt kein Licht.*
*Brown sitzt gelassen im Sessel rechts und liest mit gewichtiger Aufmerksamkeit eine Architekturzeitschrift. Im Profil erinnert sein Gesicht an einen römischen Konsul auf einer antiken Münze. Der Szene haftet etwas Widersinniges an: ein bedingungsloser Glaube an ihren unabänderlichen Verlauf.*
*Plötzlich ein lautes Klopfen und Klingeln an der Haustür. Brown runzelt die Stirn und lauscht, als der Dienstbote öffnet. Man hört Dions spöttisch-laute Stimme.*

DION Bestellen Sie ihm, der Teufel will einen Handel mit ihm machen.

BROWN *unterdrückt seinen Unwillen und ruft gezwungen freundlich* Komm nur rein, Dion.
*Dion tritt ein. Er befindet sich in einem verheerenden Zustand. Seine Kleidung ist unordentlich, sein Masken-Gesicht wirkt wie tot, die spöttische Ironie ist so grauenhaft bösartig geworden, daß er wie ein leibhaftiger Dämon wirkt, der aus eigener Qual andere quält.*
Setz dich doch.

DION *bleibt stehen und singt nach der Melodie von ›John Brown's Body‹* »William Browns Seele, die vermodert schon im Puff, doch sein Leib, der steht noch stramm!«

BROWN *im nachsichtigen Ton eines großen Bruders, den er die ganze Szene hindurch zu wahren versucht* Um Himmels willen, nicht so laut! Mich stört's ja nicht – aber die Nachbarn.

DION Hasse sie! Fürchte deine Nachbarn wie dich selbst! Das ist die eiserne Regel für alle, die heil und gesund sind. *Dann nähert er sich mit tödlicher Ruhe dem Tisch.* Hör zu! Eines Tages, ich war gerade vier Jahre alt, da malte ich ein Bild in den Sand, und ein Junge, der nicht malen konnte, schlich sich von hinten an und schlug mir mit einem Stock auf den Kopf und zertrat mein Bild und lachte, als ich weinte. Ich mußte nicht wegen dem weinen, was er getan hatte, sondern wegen ihm! Ich hatte ihn geliebt und ihm vertraut, und plötzlich war in seiner Person der gute Gott widerlegt und das Böse und die Ungerechtigkeit des Menschen geboren! Alle nannten mich Heulsuse und Schreihals, und darum bin ich für den Rest des Lebens stumm geworden und habe mir die Maske des Bösen Jungen Pan geschaffen, um darin zu leben und gegen den Gott dieses anderen Jungen zu rebellieren und mich vor Seiner Grausamkeit zu schützen. Und der andere Junge, der schämte sich insgeheim, aber das konnte er nicht zugeben. Und darum entwickelte er sich von diesem Tage an unwillkürlich zu dem guten Jungen, dem guten Freund, dem guten Menschen William Brown!

BROWN *kleinlaut* Jetzt erinnere ich mich. Das war gemein von mir. *Dann mit leichtem Unmut* Setz dich. Wenn du was trinken willst, dann hol dir was. Du weißt ja, wo das Zeug steht. Aber ich schätze, du hast schon genug intus.

DION *fixiert ihn einen Moment – dann sonderbar* Brown sei Dank, daß er mich daran erinnert. Ich muß trinken. *Geht und holt sich eine Flasche Whisky und ein Glas*

BROWN *mit einem gutgelaunten Achselzucken* Von mir aus. Es ist ja deine Beerdigung.

DION *kommt zurück und schenkt sich ein großes Glas voll* Und die von William Brown! Wenn ich sterbe, fährt er zur Hölle. Prost! *Er trinkt aus und blickt feindselig. Brown fühlt sich wider Willen unbehaglich. Pause*

BROWN *gezwungen salopp* Du ziehst diese Sauftour jetzt schon seit einer Woche durch.

DION *höhnisch* Ich habe die Annahme meiner Entwürfe für die Kathedrale gefeiert.

BROWN *humorvoll* Du warst mir dabei wirklich eine große Hilfe.

DION *lacht schroff* O vollendeter Brown! Scheiß drauf! Ich werd ihm meinen Spiegel schon noch vorhalten – und er wird hineinsehen und drin ersaufen! *Er schenkt sich noch einen großen Drink ein.*

BROWN *ziemlich spöttisch* Sachte. Ich bin nicht scharf drauf, plötzlich mit deiner Leiche dazusitzen.

DION Aber ich. *Er trinkt.* Brown wird mich noch brauchen – als Garantie, daß er lebt! Ich habe geliebt und wollüstig genossen, gewonnen und verloren, gesungen und geweint! Ich war der Liebhaber des Lebens! Ich war ihm zu Willen, und wenn es mich jetzt satt hat, dann nur deshalb, weil ich zu schwach war, es meinerseits zu beherrschen. Es genügt nicht, das Geschöpf des Lebens zu sein, man muß es auch selber erschaffen, sonst verlangt es von einem, daß man sich selbst zerstört.

BROWN *gutgelaunt* Blödsinn. Geh nach Hause und schlaf eine Runde.

DION *als hätte er nichts gehört – schneidend* Aber wenn man weder Geschöpf noch Schöpfer ist! Wenn es dem Leben egal ist, ob man existiert! Wenn einen das Leben nicht liebt!

*Brown bewegt sich unruhig.*

Bloß eine erfolgreiche Monstrosität zu sein, das Resultat einer betrügerischen Neutralisierung der Lebenskräfte – ein stachelloser Kaktus – ein zu einem Mastschwein kastrierter wilder Eber, der nur frißt, um als Fleischkonserve zu enden – ein Don Juan, den Affendrüsen zu Liebesaffären beflügeln – und wenn einen das Leben dann noch nicht mal für schlau genug hält, das auch zu merken!

BROWN *betroffen – ärgerlich* Blödsinn!

DION Nehmen wir zum Beispiel Mr. Brown. Seine Eltern haben ihn sozusagen mittenrein in eine Säuglingsparade geboren, bei der die fettesten Babys Preise bekommen – und er wird immer noch im Kinderwagen beim Umzug mitgekarrt, weil er jetzt einfach zu fett ist, um noch Gehen zu lernen, geschweige denn Tanzen oder Laufen. Und leben wird er erst, wenn sein befreiter Leib wieder zu Erde geworden ist!

BROWN *barsch* Kotz dich ruhig aus! *Dann mit erzwungener Freundlichkeit* Naja, Dion, ich bin jedenfalls zufrieden.

DION *rasch und gehässig* Nein! Brown ist nicht zufrieden. Er hat sich dicke schützende Fettpolster zugelegt, aber tief drinnen fühlt er im Herzen einen dumpf nagenden Zweifel! Und mich interessiert dieser Bazillus, der sich wie ein Fragezeichen der Unsicherheit in seinem Blut ringelt, weil er ein Teil des schöpferischen Lebens ist, das mir Brown gestohlen hat!

BROWN *zwingt sich zu einem säuerlichen Grinsen* Geklaute Bazillen! Ich dachte immer, die befallen einen.

DION *als hätte er nichts gehört* Er gehört mir – und ich möchte sehen, wie er wächst und gedeiht und sich immens vermehrt und frißt, bis Brown aufgezehrt ist!

BROWN *widerwillig erschauernd* Im Suff bist du manchmal richtig ekelhaft, weißt du das?

DION *düster* Als man Pan ausschloß vom Licht und von der Wärme der Sonne, da wurde er empfindlich und gehemmt, stolz und rachsüchtig – er wurde der Fürst der Finsternis.

BROWN *scherzhaft* In der Rolle des Pan bist du einfach eine Fehlbesetzung, Dion. Hört sich für meinen Geschmack mehr so an, als würde Bacchus, alias Dämon Alkohol, aus dir sprechen. *Dion kommt plötzlich wieder zur Besinnung und starrt Brown haßerfüllt an. Pause. Brown krümmt sich wider Willen und schlägt einen versöhnlichen Ton an.* Sei ein braver Junge und geh nach Hause. Keiner hat was dagegen, daß du die Annahme unseres Entwurfs feierst, aber –

DION *mit stählerner Stimme* Ich war der Kopf! Ich habe den Plan entworfen! Ich habe sogar seinen Erfolg geplant – während ich betrunken war und ihn ausgelacht habe – ihn und seine Karriere! Nicht stolz! Angewidert! Angewidert von mir und ihm! Ich habe Entwürfe gezeichnet und mich betrunken! Um Frau und Kinder zu retten! *Er lacht.* Ha! Und diese Kathedrale ist mein Meisterwerk! Brown wird dadurch zum berühmtesten Architekten dieses Staats im Lande Gottes. Ich habe eine Menge investiert – alles, was noch übrig war von meinem Leben! Es ist eine einzige Blasphemie vom Bürgersteig bis zu den Kirchturmspitzen! – aber so versteckt, daß es die Idioten nie merken werden. Sie werden niederknien und den spöttischen Silen anbeten, der sie lehrt, daß das höchste Gut darin besteht, nie geboren zu werden! *Er lacht triumphierend.* Tja, ohne Glauben keine Blasphemie! Aus Selbsterhaltung muß auch der Teufel glauben! Aber Mr. Brown, der Große Brown, hat keinen Glauben! Wenn er eine Kathedrale entwirft, dann sieht sie unweigerlich so aus, wie die Erste Übernatürliche Bank! Er glaubt nur an die Unsterblichkeit des moralischen Bauchs! *Er lacht ungestüm – dann preßt er beide Hände aufs Herz und sinkt keuchend in seinen Sessel. Dann wird er plötzlich ganz ruhig – als spräche er einen grausamen bösen Fluch.* Von nun an wird Brown keine Entwürfe mehr machen. Er wird sein Leben der Aufgabe widmen, das Haus meiner Cybel in ein Heim für meine Margaret umzugestalten!

BROWN *springt mit sonderbar schmerzverzerrtem Gesicht auf* Jetzt reicht's mir! Was fällt dir überhaupt ein ...!

DION *forschend* Warum hat noch keine Frau ihn geliebt? Warum war er immer der große Bruder, der Freund? Ist ihr Vertrauen nicht – Verachtung?

BROWN Du lügst!

DION Warum hat er nie mehr lieben können – seit meiner Margaret? Warum hat er nie geheiratet? Warum hat er versucht, Cybel zu rauben, so wie er damals Margaret rauben wollte? Tut er das nicht aus Rache – und Neid?

BROWN *heftig* Quatsch! Ich war scharf auf Cybel, und ich habe sie gekauft!

DION Brown hat sie meinetwegen gekauft! Sie hat mich mehr geliebt, als er je erfahren wird!

BROWN Du lügst! *Dann wütend* Ich werfe sie wieder auf die Straße!

DION Zu mir! Zu ihrem Mitgeschöpf! Warum hat Brown keine Kinder – er, der Kinder doch liebt – er, der meine Kinder liebt – er, der mich um meine Kinder beneidet?

BROWN *niedergeschlagen* Ich schäme mich nicht, daß ich dich um sie beneide!

DION Sie haben Brown auch gern – wie einen Freund – wie einen Gleichgestellten – so wie ihn Margaret auch immer gern gehabt hat –

BROWN *niedergeschlagen* Und ich sie!

DION Millionenmal hat Brown doch gedacht, wieviel besser es für Margaret gewesen wäre, wenn sie ihn statt mich genommen hätte!

BROWN *gepeinigt* Du lügst! *Dann plötzlich mit zornigem Trotz* Na schön. Wenn du es unbedingt von mir hören mußt: Ja, ich liebe Margaret! Ich habe sie immer geliebt, und du hast es immer gewußt!

DION *mit schrecklicher Gelassenheit* Nein! Das ist nur der äußere Anschein, aber nicht die Wahrheit! Brown liebt mich! Er liebt mich, weil ich immer die Kraft besaß, die er zur Liebe brauchte, denn ich bin die Liebe!

BROWN *außer sich* Du besoffenes Schwein! *Er stürzt sich auf Dion und packt ihn an der Kehle.*

DION *starrt ihn triumphierend an* Ah! Jetzt blickt er in den Spiegel! Jetzt sieht er sein Antlitz!

*Brown läßt ihn los und stolpert bleich und zitternd zu seinem Sessel zurück.*

BROWN *demütig* Hör auf, um Gottes willen! Du bist ja wahnsinnig!

DION *sinkt in seinen Sessel – mit immer matterer Stimme* Ich bin fertig! Mein Herz, nicht Brown – *Spöttisch* Mein Testament! Ich vermache Dion Anthony William Brown – damit er liebt und gehorcht – damit er Ich wird – dann wird meine Margaret mich lieben – dann werden meine Kinder mich lieben – Mr. und Mrs. Brown und Söhne glücklich für alle Zeiten. *Er richtet sich schwankend zu seiner vollen Größe auf und blickt trotzig nach oben.* Schluß jetzt – nur noch die letzte Geste des Menschen – mit der er siegt – lachen! Ha – *Er beginnt zu lachen, stockt wie gelähmt und fällt vor Browns Sessel auf die Knie, die Maske rutscht ihm vom Gesicht, und man sieht sein vom nahen Tod gezeichnetes christliches Märtyrerantlitz.* Vergib mir, Billy. Begrabe mich, verbirg mich, vergiß mich um deines eigenen Glücks willen! Möge Margaret dich lieben! Mögest du den Tempel der Menschenseele entwerfen! Selig sind die Sanftmütigen und die, die da geistlich arm sind! *Er küßt Brown die Füße – dann immer matter und kindlicher.* Wie ging doch das Gebet, Billy? Ich werde so müde...

BROWN *wie in Trance* »Vater unser, der du bist im Himmel.«

DION *schläfrig* »Vater unser«...

*Er stirbt. Pause. Brown wirkt einen Moment wie versteinert – dann bewegt er sich und legt Dion die Hand auf die Brust.*

BROWN *wie betäubt* Er ist tot – endlich. *Er sagt dies ganz mechanisch, aber das letzte Wort rüttelt ihn wach – verwundert.* Endlich? *Dann triumphierend* Endlich! *Er mustert verächtlich Dions wahres Gesicht.* Dieser arme Schwächling warst du also in Wahrheit? Kein Wunder, daß du dich versteckt hast. Und ich hatte immer Angst vor dir – ja, jetzt geb ich's zu – ich hatte Furcht vor dir! Pah! *Er hebt die Maske auf.* Nein, nicht vor dir! Davor! Man kann's nicht leugnen, es steckt Stärke in dieser Bosheit! Und genau das hat Margaret geliebt!

Nicht dich! Diesen Mann! – diesen Mann, der sich mir selbst vermacht hat! *Von einer plötzlichen Idee gepackt, springt er auf.* Bei Gott! *Er will langsam die Maske aufsetzen. Es klopft an der Haustür. Er zuckt schuldbewußt zusammen und legt die Maske auf den Tisch. Dann nimmt er sie rasch wieder, packt den Leichnam und trägt ihn nach rechts von der Bühne. Er kommt sofort zurück und geht zur Haustür, als es erneut klopft – barsch.* Hallo! Wer ist da?

MARGARET Ich bin's, Margaret, Billy. Ich suche Dion.

BROWN *unsicher* Oh – gut – *Er öffnet die Tür.* Komm rein. Hallo, Margaret. Hallo, Jungs! Er ist hier. Er schläft. Ich – ich wollte auch gerade ein Nickerchen machen.

*Margaret tritt ein. Sie trägt ihre Maske. Ihre drei Söhne folgen ihr.*

MARGARET *sieht die Flasche – gezwungen lachend* Hat er wieder gefeiert?

BROWN *jetzt sonderbar ungezwungen* Nein. Ich habe gefeiert. Er nicht. Er hat gesagt, ab heute abend sei damit Schluß – ein für allemal – dir und der Kinder zuliebe!

MARGARET *freudig überrascht* Das hat Dion wirklich gesagt? *Dann rasch abwehrend* Aber er trinkt ja sowieso nie viel. Wo ist er?

BROWN Oben. Ich werde ihn wecken. Er fühlte sich nicht so besonders. Er hat sich ausgezogen, um ein Bad zu nehmen, bevor er sich hinlegen wollte. Am besten, du wartest hier solange.

*Sie setzt sich in den Sessel, in dem Dion gesessen hatte, und blickt starr vor sich hin. Die Söhne gruppieren sich um sie wie für ein Familienfoto. Brown geht eilig rechts ab.*

MARGARET Jetzt müßt ihr noch so spät auf den Beinen sein, Jungs. Seid ihr nicht müde?

JUNGEN Nein, Mutter.

MARGARET *stolz* Ich bin froh, daß ich drei so starke Jungen habe, die mich beschützen.

ÄLTESTER *großspurig* Wir würden jeden umbringen, der dich anrührt, stimmt's?

MITTLERER Logisch! Das würde der schwer bereuen!

JÜNGSTER Logisch!

MARGARET Ihr seid Mutters tapfere Jungs! *Sie lacht liebevoll – dann neugierig*. Mögt ihr Mr. Brown?

ÄLTESTER Klar! Das ist ein echter Kumpel.

MITTLERER Der ist schwer in Ordnung!

JÜNGSTER Klar!

MARGARET *halb für sich* Euer Vater behauptet, daß er ihm seine Ideen stiehlt.

ÄLTESTER *dümmlich grinsend* Ich wette, das hat Vater nur gesagt, als er wieder mal – nur so geredet hat.

MITTLERER Mr. Brown hat's doch garantiert nicht nötig, zu stehlen, was?

JÜNGSTER Natürlich nicht! Der ist doch schwer reich.

MARGARET Habt ihr euern Vater denn lieb?

ÄLTESTER *bewegt sich unruhig – verlegen* Aber ja – natürlich –

MITTLERER *ebenso* Klar doch!

JÜNGSTER Klar hab ich ihn lieb.

MARGARET *seufzend* Ich glaube, ihr geht besser schon mal los – jetzt gleich – bevor euer Vater kommt – Er wird ziemlich erschöpft und nervös sein und seine Ruhe haben wollen. Also ab mit euch!

JUNGEN Gut

*Sie gehen im Gänsemarsch ab und schließen die Haustür, als Brown in Dions Kleidern und mit dessen Maske rechts auftaucht.*

MARGARET *nimmt die Maske ab – freudig* Dion! *Sie blikken sich verwundert an. Sie geht zu ihm und legt den Arm um ihn.* Mein armer Liebling, geht's dir schlecht? *Er nickt.* Du wirkst aber – *Sie drückt prüfend seine Arme.* Na, du fühlst dich ja schon kräftiger an und siehst auch viel besser aus! Stimmt das, was Billy mir gesagt hat – du willst mit dem Trinken ganz aufhören? *Er nickt. Sie sagt inbrünstig.* Ach, wenn du das schaffst – und gesund wirst – wir können noch glücklich zusammen sein! Gib Mutter einen Kuß. *Sie küssen sich. Beide erschauern. Sie reißt sich lachend und mit geweckter Begierde los.* Aber Dion! Schämst du dich denn nicht? So hast du mich seit Jahren nicht mehr geküßt!

BROWN *Dions Stimme nachahmend und durch die Maske gedämpft* Ich habe es immer gewollt, Margaret!

MARGARET *jetzt freudig und kokett* Hast du etwa Angst gehabt, ich würde dich zurückweisen? Irgend etwas ist passiert, Dion. Es ist das reinste Wunder! Sogar deine Stimme ist anders! Sie klingt tatsächlich jünger, weißt du das? *Dann besorgt* Aber du bist bestimmt todmüde. Laß uns nach Hause gehen. *Sie breitet impulsiv die Arme aus und schleudert die Maske von sich, als wäre sie plötzlich überflüssig.* Oh, ich bin schon ganz glücklich, Dion – so glücklich!

BROWN *mit erstickter Stimme* Laß uns nach Hause gehen. *Sie legt den Arm um ihn. Sie gehen zur Tür.*

Vorhang

## Dritter Akt

### Erstes Bild

*Szene: Der Zeichenraum und Browns Privatbüro sind gleichzeitig zu sehen. Jener liegt rechts, dieses links von einer Trennwand in der Mitte. Die Möbel der beiden Räume sind so angeordnet wie in den vorhergehenden Bildern. Es ist zehn Uhr vormittags etwa einen Monat später. Den Hintergrund für beide Räume bildet eine schlichte Wand, auf die einige mit Reißnägeln befestigte Entwürfe und Blaupausen gemalt sind. Zwei Zeichner, ein mittelalter und ein junger, sitzen krummschulterig auf Hockern hinter Dions ehemaligem Tisch. Sie ziehen Pläne mit Tusche aus und unterhalten sich dabei.*

ÄLTERER W. B. kommt schon wieder zu spät.

JUNGER Möchte bloß mal wissen, was mit dem seit einem Monat los ist. *Pause. Sie arbeiten schweigend.*

ÄLTERER Ja, seit er Dion gefeuert hat...

JUNGER War schon komisch, daß er ihn so Knall auf Fall gefeuert hat. *Pause. Sie arbeiten.*

ÄLTERER Seitdem hab ich Dion in der Stadt nicht mehr gesehen. Du vielleicht?

JUNGER Nein, seit Brown uns gesagt hat, daß er ihn rausgeschmissen hat, nicht mehr. Vermutlich ersäuft er irgendwo seinen Kummer!

ÄLTERER Jemand will ihn zu Hause in seiner Wohnung gesehen haben, und er soll nüchtern und topfit gewesen sein. *Pause. Sie arbeiten.*

JUNGER Was ist bloß in Brown gefahren? Er soll am selben Tag alle alten Hausangestellten entlassen haben und bloß noch zum Schlafen zu Hause sein.

ÄLTERER *feixend* Sein künstlerisches Temperament, vielleicht – man nennt das auch Aufgeblasenheit! *Man hört Schritte auf dem Flur. Warnend* Pssst!

*Sie beugen sich über den Tisch. Auftritt Margaret. Sie muß jetzt keine Maske mehr tragen. Ihr Gesicht zeigt wieder den Ausdruck des Selbstvertrauens, den es in ihrer Jugend besessen hatte, ihre Augen strahlen vor Glück.*

MARGARET *herzlich* Einen wunderschönen guten Morgen!

BEIDE *mechanisch* Guten Morgen, Mrs. Anthony.

MARGARET *sieht sich um* Es hat Veränderungen gegeben, stimmt's? Wo ist Dion? *Sie starren sie an.* Ich hab heute früh vergessen, ihm etwas sehr Wichtiges zu sagen, und unser Telefon ist kaputt. Würden Sie ihm also bitte sagen, daß ich hier bin – *Sie rühren sich nicht. Pause. Margaret sagt steif.* Oh, mir ist durchaus klar, daß Mr. Brown ausdrücklich angeordnet hat, daß Dion nicht gestört werden darf, aber zweifellos... *Scharf* Bitte, wo ist mein Mann?

ÄLTERER Das wissen wir nicht.

MARGARET Das wissen Sie nicht?

JUNGER Wir haben ihn nicht gesehen.

MARGARET Aber er ist doch um halb neun aus dem Haus gegangen!

JUNGER Ins Büro?

ÄLTERER Heute morgen?

MARGARET *gereizt* Natürlich ins Büro – wie jeden Tag! *Sie starren sie an. Pause*

ÄLTERER *ausweichend* Wir haben ihn nicht gesehen.

MARGARET *schroff* Wo ist Mr. Brown?

JUNGER *da man Schritte im Flur hört – eingeschnappt* Da kommt er.

*Auftritt Brown. Er trägt jetzt eine Maske, die genau seinem eigenen Gesicht im letzten Bild gleicht – der selbstsichere Erfolg. Als er Margaret sieht, zuckt er ängstlich zurück.*

BROWN *hat sich sofort wieder unter Kontrolle – unbeschwert* Hallo, Margaret! Das ist aber eine nette Überraschung! *Er streckt die Hand aus.*

MARGARET *gibt ihm kaum die Hand – reserviert* Guten Morgen.

BROWN *wendet sich rasch an die Zeichner* Sie haben Mrs. Anthony doch hoffentlich gesagt, wie beschäftigt Dion...

MARGARET *unterbricht ihn – steif* Es ist mir absolut unverständlich –

BROWN *hastig* Ich werd's dir erklären. Komm erst mal hier rein und mach dir's bequem. *Er reißt die Tür auf und drängt sie in sein Privatbüro.*

ÄLTERER Dion muß ihr da irgendein Theater vorspielen.

JUNGER Er tut so, als würde er hier noch arbeiten – und Brown hilft ihm dabei...

ÄLTERER Aber warum sollte Brown das tun, nachdem er ihn...?

JUNGER Tja, vielleicht weil – Ach was, frag mich was Leichteres. *Sie arbeiten.*

BROWN Nimm doch Platz, Margaret. *Sie setzt sich steif in den Sessel. Er setzt sich hinter den Schreibtisch.*

MARGARET *kühl* Du schuldest mir eine Erklärung...

BROWN *einschmeichelnd* Nicht böse sein, Margaret! Dion schuftet an seinem Entwurf für das neue State Capitol, und ich möchte nicht, daß er gestört wird, nicht mal von dir! Sei also bitte kein Spielverderber!

Denk dran, es ist nur zu seinem eigenen Vorteil! Ich hatte ihn doch gebeten, dir das zu erklären.

MARGARET *nachgiebig* Er hat mir ja auch gesagt, ihr hättet ausgemacht, mich und die Kinder zu bitten, nicht herzukommen – dabei haben wir das sowieso nicht oft getan.

BROWN Hättet ihr aber tun können! *Dann mit vertraulicher Freundlichkeit* Es geschieht nur ihm zuliebe, Margaret. Ich kenne Dion. Er muß ohne Ablenkung arbeiten können. Er ist nun eben mal kein gewöhnlicher Mensch, das weißt du ja. Und dieser Entwurf ist ausschlaggebend für seine ganze Zukunft! Den Ruhm dafür soll ausschließlich er ernten, und sobald der Entwurf angenommen worden ist, mache ich ihn zu meinem Teilhaber. Es ist schon alles geregelt. Und anschließend genehmige ich mir einen langen Urlaub – gehe für ein paar Jahre nach Europa – und lasse hier alles in Dions Händen! Hat er dir das etwa nicht erzählt?

MARGARET *jetzt überglücklich* Doch – aber ich konnt's kaum glauben... *Stolz* Ich bin sicher, er schafft es. Er ist in letzter Zeit wie ausgewechselt, ein ganz neuer Mensch, so voller Ehrgeiz und Energie! Das hat mich sehr glücklich gemacht! *Sie stockt verwirrt.*

BROWN *ist tiefbewegt und ergreift impulsiv ihre Hand* Mich auch!

MARGARET *verwirrt – lacht amüsiert* Aber Billy Brown! Jetzt hab ich doch einen Moment gedacht, du wärst Dion, deine Stimme klang ganz...!

BROWN *in plötzlicher Verwirrung* Margaret, ich muß es dir sagen! Ich kann so nicht weitermachen! Ich muß dir etwas gestehen. Es ist wegen...!

MARGARET *erschrocken* Ist – ist was mit Dion?

BROWN *schroff* Zum Teufel mit Dion! Zum Teufel mit Billy Brown. *Er reißt sich die Maske ab und offenbart eine Leidensmiene, verwüstet und abgehärmt, sein eigenes, vom Dämon von Dions Maske gepeinigtes und verzerrtes Gesicht.* Denk auch mal an mich! Ich liebe dich, Margaret! Verlaß ihn! Ich habe dich immer geliebt! Geh mit mir fort! Ich verkaufe hier alles! Wir ziehen ins Ausland und werden glücklich sein!

MARGARET *verblüfft* Billy Brown, weißt du, was du da redest? *Schaudernd* Bist du wahnsinnig? Dein Gesicht – entsetzlich. Du bist krank! Soll ich einen Arzt rufen?

BROWN *wendet sich langsam ab und setzt die Maske auf – dumpf* Nein. Ich bin schon eine ganze Weile – kurz vor einem Zusammenbruch. Ich bekomme Anfälle ... Jetzt geht's mir besser. *Dreht sich wieder zu ihr um* Verzeih mir! Vergiß, was ich gesagt habe! Aber um unser aller willen, komm nie wieder her.

MARGARET *kühl* Worauf du dich verlassen kannst – nach dem, was passiert ist! *Dann blickt sie ihn schmerzlich-ungläubig an.* Aber, Billy – ich kann's einfach nicht glauben – nach all den Jahren ...!

BROWN Es wird nicht wieder vorkommen! Leb wohl.

MARGARET Leb wohl. *Dann in dem Wunsch, sich mit einem angenehmen Thema zu verabschieden – gezwungen lächelnd* Dion soll sich nicht totarbeiten. Er ist überhaupt nie mehr zum Abendessen zu Hause.

*Sie geht an den Zeichnern vorbei hinaus und links hinten ab. Brown setzt sich an seinen Schreibtisch und nimmt die Maske wieder ab. Er blickt sie mit bitter-zynischer Belustigung an.*

BROWN Du bist tot, William Brown, jenseits aller Hoffnung auf Auferstehung! Dion, den du in deinem Garten begraben hast, hat dich umgebracht, und nicht du ihn! Es ist Margarets Ehemann, der... *Er lacht rauh.* Paradies durch Stellvertretung. Liebe durch Verwechslung! Gott! *Dies klingt fast wie ein Gebet – dann mit wildem Trotz.* Aber es ist das Paradies! Ich liebe wirklich!

*Während er spricht, betritt ein gutgekleideter, wichtigtuerischer, korpulenter Herr den Zeichenraum. Er hält einen zusammengerollten Plan in der Hand. Er nickt herablassend und geht direkt zu Browns Tür, an die er energisch klopft und ohne abzuwarten öffnet. Brown kann gerade noch den Kopf wegdrehen und seine Maske aufsetzen.*

HERR *forsch* Ah, guten Morgen! Ich bin einfach gleich reingekommen. Hoffentlich störe ich nicht...?

BROWN *jetzt ganz der erfolgreiche Architekt – liebenswürdig* Nicht im geringsten, Sir. Wie geht es Ihnen? *Sie schütteln sich die Hände.* Nehmen Sie doch Platz. Zigarre? Und womit kann ich Ihnen heute morgen dienen?

HERR *entrollt den Plan* Es geht um Ihren Entwurf. Meine Frau und ich, wir haben ihn noch mal genau studiert. Einerseits gefällt er uns – andererseits aber auch wieder nicht. Und wenn jemand eine halbe Million Dollar anlegen will, dann möchte er doch natürlich auch, daß alles korrekt ist, nicht wahr? *Brown nickt.* Es ist für ein gemütliches Haus zu nüchtern, zu karg, erinnert, mit Verlaub, zu sehr an ein Grabmal. Können Sie's nicht eine Spur lebendiger machen, mit mehr Verzierungen, eben phantasievoller und wärmer – Sie wissen schon, was ich meine. *Mustert ihn etwas mißtrauisch* Wie ich höre, hatten Sie da einen Assistenten namens Anthony, eine echte Kanone auf dem Gebiet, aber den sollen Sie ja entlassen haben –

BROWN *verbindlich* Geschwätz! Er arbeitet noch für mich, will es aber aus persönlichen Gründen geheimhalten. Ja, ich habe ihn angelernt, und er ist außerordentlich einfallsreich. Ich werde ihm das hier gleich übergeben und ihn anweisen, Ihre Wünsche auszuführen...

Vorhang

## Zweites Bild

*Szene: Wie im zweiten Akt, drittes Bild – die Bibliothek in Browns Haus gegen acht Uhr am selben Abend. Man hört ihn im Dunkeln herumtasten. Er knipst die Leselampe auf dem Tisch an. Direkt darunter befindet sich auf einer Art Gestell Dions Maske, deren Augenhöhlen nach vorne starren. Brown nimmt seine eigene Maske ab und legt sie vor Dions Maske auf den Tisch. Er wirft sich in den Sessel und starrt reglos in die Augen von Dions Maske. Schließlich beginnt er, in einem bitter-höhnischen Ton zu sprechen.*

BROWN Hör zu! Heute sind wir noch mal knapp entwischt – wir beide! Sie werden uns bald auf die Schliche kommen. Wir müssen unsern Plan in die Tat umsetzen! William Browns Testament haben wir schon gemacht und dir sein Geld und sein Geschäft vererbt. Jetzt müssen wir schleunigst nach Europa – und ihn dort umbringen! *Mit leichtem Spott* Dann wirst du – mein Ich in dir – dann werde ich mit Margaret bis ans Ende aller Tage glücklich leben. *Noch spöttischer* Sie wird Kinder von mir bekommen! *Er scheint ein höhnisches ›Nein‹ der Maske zu hören. Er neigt sich zu ihr.* Was? *Dann mit einem Feixen* Na, und wenn schon! Deine Kinder lieben mich schon jetzt mehr, als sie dich je geliebt haben! Und auch Margaret liebt mich mehr! Du bildest dir wohl ein, du hast gewonnen – daß ich mich in dir auflösen muß, um leben zu können? Noch nicht, mein Freund! Niemals! Wart's ab! Allmählich wird Margaret mein wahres Ich lieben! Nach und nach wird sie mich kennenlernen, und schließlich werde ich mich ihr offenbaren und gestehen, daß ich aus Liebe zu ihr deinen Platz gestohlen habe, und sie wird es verstehen, mir verzeihen und mich lieben! Und du wirst vergessen sein! Ha! *Er beugt sich wieder wie lauschend über die Maske – gepeinigt.* Was sagst du da? Das wird sie nie glauben! Nie sehen! Nie verstehen! Du lügst, Teufel! *Er streckt die Arme aus, als wollte er die Maske an der Kehle packen, zuckt dann, von hoffnungsloser Verzweiflung geschüttelt, zurück.* Gott, erbarme dich! Laß mich glauben! Selig sind die Barmherzigen! Laß mir Barmherzigkeit widerfahren! *Er wartet mit aufwärts gewandtem Gesicht – flehend.* Noch nicht? *Verzweifelt* Niemals? *Pause. Dann greift er plötzlich in panischem Schrecken nach Dions Maske, so wie ein Rauschgiftsüchtiger zu einer Droge. Sobald er sie in der Hand hält, scheint er kräftiger zu werden und kann sich ein trauriges Lachen abringen.* Jetzt trinke ich deine Kraft, Dion – die Kraft, auf dieser Welt zu lieben, zu sterben, zu schlafen und fruchtbare Erde zu werden, so wie du jetzt in meinem Garten – deine Schwäche kräftigt meine Blumen, dein Versagen als Künstler gibt ihren Blütenblättern lebendige Farben! *Dann prahlerisch* Kommen Sie ruhig mit, Mr. Anthony, und sehen Sie zu, wie Margarets frischgebackener Ehemann in Ihre Klamotten steigt! Im Dunkeln brauch ich den Teufel! *Er geht rechts ab, man hört ihn aber weiterreden.* Deine Klamotten passen mir allmählich besser als meine eigenen! Beeilung, Bruder! Höchste Zeit, daß wir nach Hause kommen! Unsere Frau wartet! *Er tritt wieder auf und hat inzwischen Jacke und Hose ge-*

*wechselt.* Komm mit und sag ihr wieder, daß ich sie liebe! Komm, und hör dir an, wie sie mir sagt, wie sehr sie dich liebt! *Er muß plötzlich die Maske küssen.* Ich liebe dich, weil sie dich liebt! Meine Küsse auf deinen Lippen sind für sie bestimmt! *Er setzt die Maske auf und bleibt einen Moment stehen, scheint größer zu werden und stolz – dann lacht er mit kühner Selbstsicherheit.* Und jetzt ab durch die Hintertür! Ich darf nicht vergessen, daß ich ein schrecklicher Verbrecher bin, der von Gott verfolgt wird und von mir selbst! *Er geht links ab und lacht amüsiert und zufrieden.*

Vorhang

## Drittes Bild

*Szene: Wie im ersten Bild des ersten Akts – Margarets Wohnzimmer. Etwa eine halbe Stunde nach dem letzten Bild. Margaret sitzt auf dem Sofa und wartet so unruhig und ungeduldig wie jemand, der sehr verliebt ist. Sie ist besonders sorgfältig und geschickt gekleidet, um zu gefallen. Sie wirkt jung und glücklich. Sie versucht, ein Buch zu lesen. Man hört, wie die Haustür geöffnet und dann geschlossen wird. Sie springt auf und läuft nach hinten, um Brown zu umarmen, der links hinten auftritt. Sie küßt ihn leidenschaftlich.*

MARGARET *da er irgendwie schuldbewußt zurückweicht – lachend* Na warte, du altes Scheusal! Du wolltest mich wohl nicht küssen! Zur Strafe werde ich nie mehr...

BROWN *küßt sie mit wilder, trotziger Leidenschaft immer wieder* Margaret!

MARGARET Nenn mich wieder Peggy. So wie damals, als du mich wirklich geliebt hast. *Leise* Weißt du noch, der Ball zum Schulbeginn – du und ich im Mondschein auf dem Pier?

BROWN *gequält* Nein. *Er löst seine Umarmung.*

MARGARET *umarmt ihn weiter – lachend* Du bist mir ja der Richtige! Du alter Brummbär, du! Und wieso nicht?

BROWN *traurig* Es ist so lange her.

MARGARET *ein wenig melancholisch* Du meinst, du willst nicht daran erinnert werden, daß wir alt werden?

BROWN Ja. *Er küßt sie sanft.* Ich bin müde. Setzen wir uns. *Sie setzen sich aufs Sofa, er hat den Arm um sie gelegt, und ihr Kopf ruht auf seiner Schulter.*

MARGARET *glücklich seufzend* Mich quälen die Erinnerungen nicht – jetzt bin ich glücklich. Nur wenn ich unglücklich bin, dann schmerzen sie – und ich war in letzter Zeit so glücklich, Schatz – und dafür bin ich dir sehr dankbar! *Er bewegt sich unbehaglich. Sie spricht fröhlich weiter.* Alles hat sich verändert! Ich hatte schon beinahe aufgegeben – und war auch traurig und hoffnungslos – und dann bist du plötzlich wie ausgewechselt, und alles ist genau wieder so wie damals, als wir frisch verheiratet waren – sogar viel besser, denn damals war ich mir deiner nie sicher. Du warst immer so fremd und fern und einsam, ich bin dir nie richtig nahe gekommen. Aber jetzt fühle ich, daß du ein ganz normaler Mensch geworden bist – so wie ich –, und ich bin sehr glücklich, Schatz! *Sie küßt ihn.*

BROWN *mit bebender Stimme* Ich habe dich also glücklich gemacht – glücklicher, als du es jemals warst – egal, was auch immer passiert? *Sie nickt.* Dann – das rechtfertigt alles! *Er zwingt sich zu einem Lachen.*

MARGARET Natürlich! Das habe ich immer gewußt. Aber du – du wolltest es nicht sein – oder konntest es nicht –, und ich konnte dir nie helfen – dabei wußte ich doch die ganze Zeit, daß du so einsam warst! Ich habe dich immer rufen hören, daß du dich verirrt hast, aber ich konnte den Weg zu dir nicht finden, weil ich mich selber verirrt hatte! Das ist ganz schrecklich für eine Frau! *Sie lacht – fröhlich.* Aber jetzt bist du hier! Du gehörst mir! Du bist mein lange verlorener Geliebter und mein Ehemann und mein großer Junge auch!

BROWN *eine Spur eifersüchtig* Wo sind denn deine anderen großen Jungs heute abend?

MARGARET Bei einer Tanzveranstaltung. Damit du es nur weißt, sie haben sich jeder eine Freundin angelacht.

BROWN *spöttisch* Bist du nicht eifersüchtig?

MARGARET *fröhlich* Natürlich! Schrecklich! Aber ich bin diplomatisch. Ich zeige es ihnen nicht. *Sie wechselt das Thema.* Glaub mir, sie haben gemerkt, daß du dich verändert hast! Heute hat unser Ältester zu mir gesagt: »Es ist toll, daß Vater nicht mehr so nervös ist. Wenn er erst mal loslegt, ist er ein echter Pfundskerl!« Und die beiden anderen sagten ganz feierlich: »Logisch!« *Sie lacht.*

BROWN *gebrochen* Ich – das freut mich.

MARGARET Dion! Du weinst ja!

BROWN *Der Name schmerzt ihn, und er steht auf – schroff.* Quatsch! Hast du Dion schon jemals wegen etwas weinen sehen?

MARGARET *traurig* Damals konntest du es nicht. Du warst zu einsam. Du hattest niemanden, bei dem du dich ausweinen konntest.

BROWN *geht zum Tisch und holt aus der Schublade einen zusammengerollten Plan – dumpf* Ich muß noch arbeiten.

MARGARET *enttäuscht* Wie – läßt dich der alte Billy Brown jetzt auch noch zu Hause weiterschuften?

BROWN *ironisch* Nur zu Dions eigenem Vorteil – und zu deinem.

MARGARET *findet sich damit ab – fröhlich* Na schön. Ich will ja nicht egoistisch sein. Ich bin richtig stolz, daß du so ehrgeizig bist. Ich helfe dir. *Sie bringt ihm sein Zeichenbrett, er legt es auf den Tisch und heftet den Plan fest. Sie setzt sich aufs Sofa und greift zu ihrem Buch.*

BROWN *bewußt beiläufig* Du warst heute im Büro und wolltest mich sprechen?

MARGARET Ja, und er wollte absolut nichts davon wissen! Ich war wütend, bis er mich schließlich davon überzeugt hatte, daß er's doch nur gut meint. Wann macht er dich denn nun endlich zum Teilhaber?

BROWN In allernächster Zeit.

MARGARET Und wenn er ins Ausland geht, dann überträgt er dir auch wirklich alle Vollmachten?

BROWN Ja.

MARGARET *sachlich* Ich würde ihn nach Möglichkeit darauf festnageln. Versprechungen sind schön und gut, aber – *Sie zögert.* – ich trau ihm nicht.

BROWN *zuckt zusammen – scharf* Wie kommst du denn darauf?

MARGARET Weil da heute so was passiert ist.

BROWN Was?

MARGARET Ich mach ihm ja keinen Vorwurf, aber – ehrlich gesagt, ich glaube, der Große Gott Brown, wie du ihn nennst, ist ein bißchen durcheinander und sollte dringend mal Urlaub machen. Findest du nicht auch?

BROWN *mit leicht erregter Stimme – aber vorsichtig* Aber wieso? Was hat er denn angestellt?

MARGARET *zögernd* Also – es ist wirklich albern – aber er wurde mir auf einen Schlag richtig unheimlich. Sein Gesicht war zum Fürchten. Wie das von einem Toten. Dann hat er so wirres Zeug geredet, wie daß er mich schon immer geliebt hätte. Der hat völlig durchgedreht! *Sie blickt Brown an, der sie anstarrt. Sie beginnt, sich unbehaglich zu fühlen.* Ich sollte dir das vielleicht gar nicht erzählen. Er war einfach nicht bei sich. Dann ist er wieder zur Besinnung gekommen und war ganz normal und hat mich um Verzeihung gebeten, und es schien ihm schrecklich leid zu tun, und dann hat er mir leid getan. *Dann mit einem Schauer* Aber ehrlich,

Dion, ich kann dir gar nicht sagen, wie widerlich das war, ihn so reden zu hören! *Mit freundlicher, vernichtender Verachtung* Der arme Billy!

BROWN *mit gequältem Spott* Der arme Billy! Armer Billy der Bock! *Mit spöttischer Raserei* Ich bring ihn um! Ich servier dir sein Herz zum Frühstück!

MARGARET *springt auf – erschrocken* Dion!

BROWN *fuchtelt grotesk mit seinem Taschenmesser herum* Ich sag dir, den leg ich um, diesen gottverdammten widerlichen Großen Gott Brown, der unserem Wohlbefinden, unserem Reichtum und unserem Glück im Weg steht wie ein Mastkalb!

MARGARET *weiß nicht, wieviel davon nur Show ist, und legt bestürzt den Arm um ihn* Nicht, Schatz! Jetzt bist du wieder scheußlich und sonderbar. Da kriege ich ja Angst, daß du dich vielleicht doch nicht verändert hast.

BROWN *achtet nicht darauf* Und dann kann meine Frau glücklich sein! Ha! *Er lacht. Sie fängt an zu weinen. Er zügelt sich – tätschelt ihr den Kopf – sanft.* Ist ja gut, Schatz. Mr. Brown schmort jetzt wohlverwahrt in der Hölle. Vergiß ihn!

MARGARET *weint nicht mehr – aber weiterhin beunruhigt* Ich hätte es dir gar nicht sagen sollen – aber ich konnte ja nicht ahnen, daß du es ernst nehmen würdest. Billy Brown war für mich immer nur ein Freund und zuletzt nicht einmal mehr das! Er ist ja bloß ein blöder alter Trottel!

BROWN Ha, ha! Ich sag's ja, er schmort jetzt in der Hölle. Dort quälen sie ihn! *Dann reißt er sich wieder zusammen – erschöpft.* Bitte laß mich jetzt allein. Ich muß arbeiten.

MARGARET Gut, mein Schatz. Ich gehe nach nebenan,

und wenn du was brauchst, dann ruf einfach. *Sie tätschelt ihm die Wange – schmeichlerisch.* Alles wieder vergessen?

BROWN Wirst du glücklich sein?

MARGARET Ja.

BROWN Dann ist es erledigt, Ehrenwort! *Sie küßt ihn und geht hinaus. Er blickt starr geradeaus, schüttelt dann die Gedanken ab und konzentriert sich auf seine Arbeit – spöttisch.* Unser wunderschönes neues Capitol ruft nach Ihnen, Mr. Dion! Ans Werk! Den alten Silen werden wir geschickt auf der Kuppel verbergen! Er soll ewig grinsend über ihrer Gesetzgebung tanzen! *Er beugt sich über seine Arbeit.*

Vorhang

## Vierter Akt

### Erstes Bild

*Szene: Wie im ersten Bild des dritten Akts – der Zeichenraum und Browns Büro. Etwa einen Monat später. Abenddämmerung. Die zwei Zeichner sitzen über ihren Tisch gebeugt und arbeiten.*
*Brown arbeitet an seinem Schreibtisch fieberhaft an einem Entwurf. Er trägt die Maske von Dion. Die Maske von William Brown liegt neben ihm auf dem Tisch. Er kichert schadenfroh, während er arbeitet – schließlich wirft er schwungvoll den Zeichenstift hin.*

BROWN Fertig! Im Namen des Allmächtigen Brown, amen, amen! Ein wunderhübsches Kapitol! Der Entwurf wäre für eine Anstalt für schwachsinnige Verbrecher genauso geeignet! Doch sie, und darin besteht meine Kunst, werden darin den Ausdruck des reinen gesunden Menschenverstandes erkennen, eine fettwanstige Endgültigkeit, die so viel Würde besitzt wie die Hosenträger eines Abgeordneten! Nur mir wird sich diese pompöse Fassade als das überdrüssig-ironische Grinsen des Pan enthüllen, der, schlaftrunken vom Zerfallsgebröckel vergangener und künftiger Zivilisationen, mit halbem Ohr den Gesetzen lauscht, die seine Flöhe erlassen, um ihn zu versklaven! Ha-ha-ha! *Er springt grotesk hinter seinem Schreibtisch vor, vollführt ein paar Bocksprünge und lacht mit wolllüstiger Fröhlichkeit.* Lang lebe Polizeichef Brown! Staatsanwalt Brown! Stadtrat Brown! Abgeordneter Brown! Bürgermeister Brown! Kongreßabgeordneter Brown! Gouverneur Brown! Senator Brown! Präsident Brown! *Er singt leiernd.* Oh, aus wie vielen Personen in einem Gott besteht der Große Gott Brown! Hahahaha!

*Die zwei Zeichner nebenan haben aufgehört zu arbeiten und lauschen.*

JUNGER ZEICHNER Sturzbetrunken!

ÄLTERER Dion besaß wenigstens noch soviel Anstand, dann nicht im Büro zu erscheinen –

JUNGER Komisch, daß es Brown so schnell erwischt hat!

ALTER Wahrscheinlich säuft er sich die ganze Zeit schon heimlich die Hucke voll.

BROWN *ist lachend und atemlos an seinen Schreibtisch zurückgekehrt* Zeit, wieder seriös zu werden! *Er setzt die Dion-Maske ab und greift nach der William-Brown-Maske. Jetzt liegt auf jeder Maske eine Hand. Er hält inne und blickt fasziniert und angeekelt auf den Entwurf.* Gräßlich! Abstoßend! Verabscheuenswert! Warum muß der Dämon in mir der Billigkeit Vorschub leisten – und mich dann mit Selbstekel und Lebensüberdruß bestrafen? Warum bin ich nicht stark genug, um zugrunde zu gehen – oder blind genug, um zufrieden zu sein? *Zum Himmel – bitter, aber flehend* Gib mir die Kraft, dies zu zerstören! – und mich! – und ihn! dann will ich an Dich glauben!

*Während seiner Worte hat man auf der Treppe Geräusche gehört. Die zwei Zeichner sitzen wieder über ihrer Arbeit. Margaret tritt ein und schließt hinter sich die Tür. Bei diesem Geräusch fährt Brown hoch. Er spürt sofort, wer es ist – alarmiert.* Margaret! *Er nimmt rasch beide Masken vom Tisch und geht in das Zimmer links außerhalb des Bühnenraums.*

MARGARET *wirkt gesund und glücklich, aber ihr Gesicht zeigt einen besorgten Ausdruck – freundlich zu den zwei Zeichnern, die sie anstarren* Guten Tag. Oh, Sie brauchen gar kein so bekümmertes Gesicht zu machen. Ich möchte Mr. Brown sprechen, nicht meinen Mann.

JUNGER *zögernd* Er hat sich eingeschlossen – aber wenn Sie klopfen, dann macht er ja vielleicht –

MARGARET *klopft – etwas verlegen* Mr. Brown!

*Brown betritt sein Büro, er trägt die William-Brown-Maske. Er geht rasch zur anderen Tür, schließt auf und öffnet.*

BROWN *mit hektischer Herzlichkeit* Na, komm schon, Margaret! Rein mit dir! Das ist ja reizend! Nimm Platz! Was kann ich für dich tun?

MARGARET *betroffen – etwas steif* Nicht viel.

BROWN Es dreht sich natürlich um Dion. Nun denn, deinem Herzblatt geht's blendend – besser denn je.

MARGARET *kühl* Das ist Ansichtssache. Ich finde, er schuftet sich für dich zu Tode.

BROWN O nein, er doch nicht. Brown muß sterben. Das haben wir so abgemacht.

MARGARET *mustert ihn sonderbar* Ich meine das ernst!

BROWN Ich auch. Todernst! Hahaha!

MARGARET *beherrscht ihre Empörung* Deswegen wollte ich mit dir reden. Dion war in letzter Zeit so hektisch und gereizt, daß ich befürchte, er steht kurz vor dem Zusammenbruch.

BROWN Also vom Alkohol kommt's nicht. Er hat keinen Tropfen getrunken. Er braucht es nicht! Haha. Und ich habe auch nichts getrunken, obwohl man sich inzwischen überall erzählt, ich sei ständig blau! Das kommt aber nur daher, daß ich seit neuestem lache!

Hahaha! In dieser Stadt glauben alle, amüsieren könne man sich nur mit einer Flasche! Diese komischen kleinen Leute! Hahaha! Dabei ist man doch der Große Gott Brown, was, Margaret? Hahaha!

MARGARET *steht auf – unbehaglich* Ich fürchte, ich –

BROWN Keine Bange, meine Liebe! Ich werde nicht wieder zudringlich! Ehrenwort! Ich stehe viel zu nah am Grab für solchen Unfug! Muß letztes Mal aber wirklich komisch für dich gewesen sein – so einem widerlichen alten Trottel wie mir zuzuschauen, was? – unbeschreiblich komisch! Hahaha! *Dann hält er ihr plötzlich den Entwurf hin.* Sieh mal! Wir sind fertig damit! Dion hat ihn fertiggemacht! Er wird ein berühmter Mann!

MARGARET *beißend* Du bist wohl doch betrunken, Billy!

BROWN Da mich keiner küßt – könnt ihr ja ruhig alle das Schlechteste denken! Hahaha!

MARGARET *eisig* Dion ist also fertig damit? Warum kann ich ihn dann nicht sprechen?

BROWN *toll* Du willst Dion sprechen? Dion? Ja, warum denn eigentlich nicht? Wir leben in einer Zeit der Wunder. An jeder Straßenecke steht ein Lazarus. Bete! Ich meine – bitte, warte doch einen Moment.

*Brown verschwindet in dem Zimmer links außerhalb des Bühnenraums. Einen Moment später kehrt er in der Maske von Dion zurück. Er breitet die Arme aus, und Margaret wirft sich hinein. Sie küssen sich leidenschaftlich. Schließlich setzt er sich mit ihr auf das Sofa.*

MARGARET Du hast es also geschafft.

BROWN Ja. Der Ausschuß wird bald kommen und sich den Entwurf ansehen. Ich habe alles so verändert, daß es ihnen gefällt, diesen Narren!

MARGARET *liebevoll* Und dann können wir auch gleich in unsere zweiten Flitterwochen fahren?

BROWN In ungefähr einer Woche, hoffe ich – sobald ich Brown nach Europa verfrachtet habe.

MARGARET Sag mal – trinkt er nicht ein bißchen viel?

BROWN *lacht so wie vorher Brown* Haha! Der ist dauernd im Vollrausch! Berauscht vom Leben! Er verträgt es nicht. Es verbrennt ihm die Eingeweide!

MARGARET *alarmiert* Schatz! Ich mach mir Sorgen um dich. Wenn du so lachst, dann klingt das genauso verrückt wie bei ihm! Du mußt dich ausruhen!

BROWN *beherrscht sich* Ich werde in Frieden ruhen – wenn er weg ist!

MARGARET *mit einem sonderbaren Blick* Aber das ist doch nicht dein Anzug, Dion. Der sieht ja genauso aus wie –

BROWN Es ist seiner! Wir werden allmählich Zwillinge. Ich erbe schon seine Garderobe! *Als er merkt, wie erschrocken sie ist, beruhigt er sich.* Du mußt dir keine Sorgen machen, Schatz. Ich bin nur ein bißchen überdreht, jetzt, wo der Entwurf fertig ist. Vermutlich bin auch ich ein wenig vom Leben berauscht!

*Der Ausschuß, der aus drei wichtigtuerischen Durchschnittsgestalten besteht, betritt den Zeichenraum.*

MARGARET *gezwungen lächelnd* Dann paß nur auf, daß es dir nicht die Eingeweide verbrennt!

BROWN Da besteht keine Gefahr! Meine wurden in der Hölle gehärtet! Hahaha!

MARGARET *küßt ihn – schmeichelnd* Komm doch nach Hause, Schatz – bitte!

ÄLTERER ZEICHNER *klopft an die Tür* Der Ausschuß ist jetzt da, Mr. Brown.

BROWN *rasch zu Margaret* Empfang du sie. Gib ihnen den Entwurf. Ich hole Brown. *Lauter* Treten Sie ruhig ein, Gentlemen.

*Er geht links ab, während der Ausschuß das Büro betritt. Bei Margarets Anblick bleiben die Mitglieder verblüfft stehen.*

MARGARET *verlegen* Guten Tag. Mr. Brown wird gleich hier sein. *Sie verbeugen sich. Margaret zeigt ihnen den Plan.* Mein Mann hat diesen Entwurf gemacht. Er ist heute damit fertig geworden.

AUSSCHUSS Ah! *Sie drängeln sich um den Entwurf – begeistert.* Vollendet! Hervorragend! Unübertrefflich! Genau, was wir vorgeschlagen haben!

MARGARET *freudig* Sie nehmen ihn also an? Mr. Anthony wird überglücklich sein!

EIN MITGLIED Mr. Anthony?

EIN ANDERER Arbeitet er denn wieder hier?

EIN DRITTER Wollen Sie damit sagen, daß dies der Entwurf Ihres Gatten ist?

MARGARET *erregt* Ja! Und zwar ausschließlich! Er hat geschuftet wie ein Pferd – *Entsetzt* Soll das etwa heißen – daß Mr. Brown Ihnen das nie gesagt hat? *Sie schütteln ehrlich überrascht die Köpfe.* Oh, dieser gemeine Schuft! Ich hasse ihn!

BROWN *erscheint links – spöttisch* Du haßt mich, Margaret? Du haßt Brown? Wie überflüssig! *Als würde er eine Ansprache halten* Gentlemen, ich habe Ihnen etwas verheimlicht, damit die Überraschung dann um so größer ist, wenn Sie es erfahren. Diesen Entwurf verdanken wir ausschließlich Mr. Dion Anthonys Genie. Ich habe keinen Anteil daran.

MARGARET *zerknirscht* Oh, Billy! Es tut mir so leid! Verzeih mir!

BROWN *beachtet sie nicht, nimmt dem Ausschuß den Entwurf weg und löst die Zeichnung vom Brett – spöttisch* Ihre Mienen verraten mir, daß Sie dies hier gebilligt haben. Sie sind entzückt, nicht wahr? Und warum auch nicht, meine verehrten Herren? Betrachten Sie den Entwurf, und dann betrachten Sie sich! Hahaha! Durch ihn werden Sie unsterblich werden, meine werten Freunde! So unverwüstlich wie ein fauler Witz! *Dann plötzlich in völlig verändertem Ton – wütend* Ihr verdammten Idioten! Seht ihr denn nicht, daß das eine Beleidigung ist – eine entsetzliche, gotteslästerliche Beleidigung! – die dieser verbitterte Versager Anthony unserem Erfolg entgegenschleudert – eine Beleidigung für euch, für mich, für dich, Margaret – und für Gott den Allmächtigen! *In einem Wutausbruch* Und wenn ihr schon so schwach und feige seid, dafür einzutreten: Ich bin es nicht!

*Er zerreißt den Entwurf in vier Teile. Die Ausschußmitglieder stehen entgeistert da. Margaret stürzt nach vorn.*

MARGARET *mit einem Schrei* Du Feigling! Dion! Dion! *Sie hebt die Stücke auf und birgt sie an ihrem Busen.*

BROWN *vollführt plötzlich einen Bocksprung* Ich sage ihm, daß Sie hier sind. *Er verschwindet, kehrt aber beinahe sofort in der Maske von Dion zurück. Er muß sich mit aller Gewalt beherrschen, um nicht zu tanzen oder zu lachen. Verbindlich* Es ist alles in Ordnung – alles bestens – kein Grund zur Aufregung! Ein bißchen Klebstoff, Margaret! Ein bißchen Klebstoff, Gentlemen! Und alles ist wieder gut! Das Leben ist unvollkommen, Brüder! Menschen haben Fehler, Schwester! Doch mit ein paar Tropfen Klebstoff läßt sich viel erreichen! Ein kleiner Klecks klebriger Resignation hier und da – und sogar gebrochene Herzen können repariert werden, um noch treue Dienste zu leisten! *Er hat sich zur Tür geschoben. Alle starren ihn verblüfft und wie versteinert an. Er legt den Finger auf die Lippen.* Psst! Jetzt kommt Daddys Gute-Nacht-Geheimnis für heute: Der Mensch wird kaputt geboren. Sein Leben ist Flickwerk. Die Gnade Gottes ist der Kleister! *Er hat mit einer raschen, sprunghaften Bewegung die Tür geöffnet, ist hinausgeschlüpft und hat die Tür leise wieder geschlossen. Er wird von einem unterdrückten Lachen geschüttelt. Er springt behende neben die wie versteinert dasitzenden Zeichner – flüsternd.* Sie werden ihn in dem kleinen Zimmer finden. Mr. William Brown ist tot!

*Er verschwindet mit flinken Sprüngen. Er hat den Kopf zurückgeworfen und bebt vor lautlosem Gelächter. Man hört ihn die Treppe hinunterspringen. Er nimmt fünf Stufen auf einmal. Dann Pause und Stille. Die Leute in beiden Räumen starren sich an. Der jüngere Zeichner faßt sich zuerst.*

JUNGER ZEICHNER *stürzt ins Nebenzimmer und ruft entsetzt* Mr. Brown ist tot!

AUSSCHUSS Er hat ihn ermordet.

*Sie laufen alle in das kleine Zimmer links außerhalb des Bühnenraums. Margaret bleibt starr vor Entsetzen stehen. Gleich darauf kehren die anderen mit der Maske von William Brown zurück. Die Maske wird auf jeder Seite von zwei Personen so gehalten, als würden sie eine Leiche an Beinen und Schultern tragen. Sie legen die Maske feierlich auf das Sofa und betrachten sie.*

ERSTES AUSSCHUSSMITGLIED *von Furcht und Scheu ergriffen* Ich kann gar nicht glauben, daß er tot ist.

ZWEITES *im selben Ton* Mir ist so, als hörte ich ihn noch reden. *Er muß sich unwillkürlich räuspern und wendet sich dann wichtigtuerisch an die Maske.* Mr. Brown – *Dann stockt er.*

DRITTES *weicht zurück* Nein. Er ist tatsächlich tot! *Dann plötzlich wütend und erschrocken* Wir müssen sofort etwas unternehmen, um Anthony in seinem Bau aufzustöbern!

MARGARET *mit einem verzweifelten Schrei* Dion ist unschuldig!

JÜNGERER ZEICHNER Ich rufe die Polizei an, Sir! *Er stürzt zum Telefon.*

Vorhang

## Zweites Bild

*Szene: Wie im zweiten Bild des dritten Aktes – die Bibliothek in William Browns Haus. Die Maske von Dion steht nach vorne gewandt unter der Lampe auf dem Tisch. Neben dem Tisch kniet Brown. Er blickt nach vorn. Er ist bis auf ein weißes Lendentuch nackt. Die Kleider, die er sich in seinem Schmerz vom Leib gerissen hat, liegen auf dem Boden verstreut. Sein Blick, seine Arme, sein ganzer Körper, alles drängt geradezu nach oben, seine Muskeln verspannen sich, während er mit verkrampften Lippen in stummer Verzweifelung betet. Schließlich scheint es aus ihm herauszubrechen.*

BROWN Erbarmen, mitleidsvoller Erlöser der Menschheit! Aus meiner Tiefe rufe ich zu dir! Hab Erbarmen mit deinem armen Erdenkloß, mit deinem Klümpchen unheiliger Erde, mit deinem Lehmbatzen, dem Großen Gott Brown! Erbarmen, Erlöser! *Er scheint auf eine Antwort zu warten – dann springt er auf und streckt die Hand nach der Maske aus, wie ein erschrockenes Kind, das nach der Hand seines Kindermädchens greift – dann sofort wieder mit spöttischer Verzweiflung.* Pah! Bedauere, Kinderchen, aber euer Königreich ist leer. Gott hatte es satt und ist umgezogen zu einem fernen Stern, wo das Leben eine tanzende Flamme ist! Wir müssen ohne ihn sterben. *Dann – an die Maske ge-*

*wandt – barsch* Gemeinsam, mein Freund! Du auch! Margaret soll von mir aus leiden! Die ganze Welt soll von mir aus leiden, so wie ich leide!

*Man hört, wie eine Tür gewaltsam aufgestoßen wird, und dann das Tappen von Pantoffeln. Cybel kommt ins Zimmer gelaufen. Sie trägt ihre Maske. Sie bleibt abrupt stehen, als sie Brown und die Maske sieht, und blickt einen Moment verwirrt vom einen zur anderen. Sie trägt einen schwarzen Kimono, und ihre nackten Füße stekken in Pantoffeln. Ihre blonde Mähne hängt ihr über die Schultern. Sie ist üppiger geworden, strahlt noch mehr die tiefe, unpersönliche Ruhe eines Götterbildes aus. Brown starrt sie fasziniert an – mit großer innerer Ruhe, als würde ihre Gegenwart ihn trösten.*

Cybel! Zu dir wollte ich gerade! Woher weißt du das?

CYBEL *nimmt die Maske ab und blickt von Brown zur Dion-Maske. Jetzt begreift sie alles.* Also darum hast du dich nie mehr bei mir blicken lassen! Du bist Dion Brown!

BROWN *bitter* Der klägliche Rest von William Brown. *Er zeigt auf die Maske von Dion.* Ich bin sein Mörder und sein Mordopfer!

CYBEL *lacht ungehalten und doch voll Mitleid* Oh, wann werdet ihr endlich lernen, euch und mich in Ruhe zu lassen!

BROWN *jungenhaft und kindlich* Ich bin Billy.

CYBEL *sofort mütterlich besorgt* Dann lauf, Billy, lauf! Sie sind hinter jemandem her! Sie waren schon bei mir auf der Jagd nach einem Mörder, Dion! Sie müssen ein Opfer finden! Sie müssen ihre Ängste zum Schweigen bringen, ihre Teufel austreiben, weil sie sonst nie mehr ruhig schlafen werden! Sie müssen sich selbst freisprechen, indem sie einen Schuldigen finden! Sie müssen jetzt jemanden töten, damit sie leben können! Du bist nackt! Du mußt der Satan sein! Lauf, Billy, lauf! Sie werden herkommen! Ich bin hergerannt, um zu warnen – irgend jemanden. Lauf also, wenn du leben willst!

BROWN *wie ein trotziges Kind* Ich bin aber zu müde. Ich mag nicht.

CYBEL *mit mütterlicher Ruhe* Schon gut, du mußt ja nicht, Billy. Sei nicht bockig. *Draußen hört man ein Geräusch.* Jetzt ist es sowieso zu spät. Ich höre sie schon im Garten.

BROWN *lauscht und greift nach der Maske von Dion und gewinnt Kraft – spöttisch* Danke, Dion, für diesen allerletzten Gefallen! Hörst du? Deine Rächer! Sie stehen auf deinem Grab im Garten! Hahaha! *Er setzt die Maske auf, springt nach rechts und tut so, als würde er die Verandatür aufreißen. Mit fröhlichem Spott* Seid mir willkommen, ihr stumpfen Verehrer! Ich bin euer Großer Gott Brown! Man hat mir geraten, vor euch davonzulaufen, aber in meiner allmächtigen Laune beliebt es mir, tanzend über eure darniederliegenden Seelen hinwegzufliehen!

*Rufe im Garten und eine Salve von Schüssen. Brown taumelt zurück und stürzt tödlich verwundet neben dem Sofa zu Boden.*

CYBEL *läuft zu ihm, hebt ihn auf das Sofa und nimmt ihm die Maske von Dion ab* Die kannst du nicht mit ins Bett nehmen. Du mußt alleine schlafen gehen.

*Sie plaziert die Maske von Dion wieder auf dem Gestell unter der Lampe und setzt ihre eigene Maske auf. Nach Türenschlagen, dem Lärm von splitterndem Glas und trampelnden Füßen stürmt im selben Moment eine Abteilung Polizisten mit gezogenen Revolvern ins Zimmer. Ihr Anführer ist ein grauhaariger, brutal aussehen-*

*der Polizeihauptmann. Hinter ihnen kommt Margaret, die die Stücke des Entwurfs noch immer geistesabwesend an ihre Brust preßt.*

HAUPTMANN *zeigt auf die Maske von Dion – triumphierend* Den haben wir erwischt! Er ist tot!

MARGARET *fällt auf die Knie, nimmt die Maske und küßt sie – untröstlich* Dion! Dion! *Sie hat das Gesicht in den Armen verborgen und hält die Maske mit den Händen über ihren gesenkten Kopf. In dieser Haltung verharrt sie und schluchzt in tiefem, stummem Leid.*

HAUPTMANN *bemerkt Cybel und Brown* – Aber hallo! Sieh mal einer an! Was hast du hier zu suchen? Wer ist der Mann?

CYBEL Das sollten Sie eigentlich wissen. Sie haben ihn doch umgelegt!

HAUPTMANN *knurrt abwehrend – hastig* Das war Anthony! Ich hab doch seine Visage erkannt! Der Typ issen Komplize, jede Wette! Geschieht ihm recht! Wer ist das? Freund von dir! Gauner! Sein Name? Raus damit, sonst werd ich ungemütlich!

CYBEL Billy.

HAUPTMANN Billy wie?

CYBEL Keine Ahnung. Er stirbt. *Dann plötzlich* Lassen Sie mich allein mit ihm. Vielleicht spuckt er's dann aus.

HAUPTMANN Wär besser für dich! Ich brauch einen lupenreinen Bericht. Du hast 'n paar Minuten Zeit.

*Er gibt den Polizisten ein Zeichen, und sie gehen nach ihm rechts ab. Cybel nimmt die Maske ab und setzt sich neben Browns Kopf. Er will sich aufrichten, sie hilft ihm dabei, hüllt seinen nackten Leib in den Kimono und zieht seinen Kopf auf ihre Schulter.*

BROWN *schmiegt sich an sie – dankbar* Die Erde ist warm.

CYBEL *beruhigend, wobei sie wie ein Götterbild vor sich hinblickt* Psst! Schlaf jetzt, Billy.

BROWN Ja, Mutter. *Dann erklärend* Es war dunkel, und ich konnte nicht sehen, wohin ich ging, und alle haben sie auf mir rumgehackt.

CYBEL Ich weiß. Du bist müde.

BROWN Und wenn ich aufwache ...?

CYBEL Dann wird die Sonne wieder aufgehen.

BROWN Um zu richten die Lebenden und die Toten! *Erschrocken* Ich will keine Gerechtigkeit. Ich will Liebe.

CYBEL Es gibt nur die Liebe.

BROWN Danke, Mutter. *Dann matt* Ich werde schläfrig. Wie geht noch mal das Gebet, das du mich gelehrt hast – »Vater unser« –?

CYBEL *mit stillem innerlichem Jubel* »Vater unser, der du bist«!

BROWN *übernimmt ihren Ton – jubelnd* Der du bist! Der du bist! *Plötzlich ekstatisch* Ich weiß! Ich habe Ihn gefunden! Ich höre Ihn sagen: »Selig sind, die da weinen, denn sie werden lachen!« Nur wer geweint hat, kann lachen! Das Gelächter des Himmels befruchtet die Erde mit einem Regen aus Tränen, und aus den verklärten Geburtswehen der Erde kehrt das Gelächter des Menschen zurück, um zu segnen und in unzähligen tanzenden Flammenstürmen wieder auf Gottes Knien zu spielen! *Er stirbt.*

CYBEL *steht auf und bettet seinen Leichnam auf das Sofa. Sie bückt sich und küßt ihn sanft – sie richtet sich auf und blickt ins Leere – mit tiefem Schmerz.* Immer kehrt der Frühling wieder und bringt Leben! Immer wieder! Immer wieder bis in alle Ewigkeit! – Wieder Frühling! Wieder Leben! – Sommer und Herbst und Tod und Frieden, immer wieder! – *Mit qualvollem Kummer –*

doch immer, immer wieder Liebe und Empfängnis und Geburt und Schmerz – immer wieder bringt der Frühling den unerträglichen Kelch des Lebens! – *Dann mit schmerzlichem Jubel* – die glorreich strahlende Krone des Lebens! *Sie steht da wie die Göttin der Erde, deren Blick über die Welt hinausgeht.*

MARGARET *blickt anbetend zu der Maske empor – in ihren Schmerz mischt sich siegreiche Zärtlichkeit* Mein Geliebter! Mein Mann! Mein Junge! *Sie küßt die Maske.* Lebwohl. Danke für alles Glück. Und du bist nicht tot, Liebling! Du kannst nicht sterben, bevor mein Herz stirbt! Du wirst ewig leben! Du wirst unter meinem Herzen schlafen! Ich werde spüren, wie du dich im Schlaf regst, ewig unter meinem Herzen! *Sie küßt die Maske wieder. Pause*

HAUPTMANN *taucht am äußersten rechten Bühnenrand auf und spricht, ohne die beiden anzusehen, ins Publikum – barsch* Also, sein Name?

CYBEL Mensch!

HAUPTMANN *zückt ein schmuddeliges Notizbuch und einen Bleistiftstummel* Wie schreibt sich 'n das?

Vorhang

# Epilog

*Szene: Vier Jahre später. Dieselbe Stelle auf demselben Pier wie im Prolog. Wieder eine mondhelle Juninacht. Wellengeplätscher und leise Tanzmusik.*
*Margaret und ihre drei Söhne treten von links auf. Der Älteste ist jetzt achtzehn. Alle sind elegant nach der neuesten Hochschul-Mode gekleidet. Alle sind hochgewachsen, athletisch, stark und hübsch. Sie ragen um die zarte Gestalt der Mutter empor wie schützende Riesen, wodurch sie sonderbar einsam, isoliert, klein und weiblich wirkt. Sie trägt die Maske der stolzen, nachsichtigen Mutter. Sie ist merklich gealtert. Ihr Haar besitzt jetzt eine schöne graue Farbe. Aus ihrer Art und Stimme spricht das traurige, aber zufriedene Gefühl von jemandem, der seinen Lebenszweck erfüllt weiß, der sich aber jetzt, wo alles erreicht ist, etwas leer und trostlos fühlt. Sie hat sich in einen grauen Mantel gehüllt.*

ÄLTESTER Sieht Bee heute abend nicht ganz bezaubernd aus, Mutter?

MITTLERER Findest du nicht, daß Mabel die beste Tänzerin da drin ist, Mutter?

JÜNGSTER Ach was, Alice sticht doch alle beide aus, stimmt's, Mutter?

MARGARET *mit einem kleinen traurigen Lachen* Ihr habt alle drei recht. *Dann mit merkwürdiger Endgültigkeit* Lebt wohl, Jungs.

DIE JUNGEN *überrascht* Lebwohl.

MARGARET Hier an dieser Stelle und in einer ebensolchen Nacht hat mich euer Vater zum ersten Mal – um meine Hand gebeten. Habt ihr das eigentlich gewußt?

DIE JUNGEN *verlegen* Nein.

MARGARET *sehnsüchtig* Aber die Nächte sind jetzt viel kälter als früher. Stellt euch vor, als Mädchen habe ich im Juni im Mondschein gebadet. Damals war es so warm und schön. Ich erinnere mich an die Junimonate, als ich euch Jungs unter dem Herzen trug. – *Pause. Sie zappeln unbehaglich. Sie bittet sie flehentlich.* Versprecht mir hoch und heilig, daß ihr euern Vater niemals vergessen werdet!

DIE JUNGEN *unbehaglich* Ja, Mutter.

MARGARET *gezwungen scherzhaft* Aber ihr dürft den Juni nicht mit einer alten Frau wie mir vertrödeln! Geht rein und tanzt! *Weil sie pflichtschuldig zögern* Na los. Ich möchte wirklich allein sein – mit meinen Juninächten.

DIE JUNGEN *können ihre Ungeduld nicht verhehlen* Ja, Mutter. *Sie gehen.*

MARGARET *nimmt langsam die Maske ab, legt sie auf die Bank und blickt mit wehmütiger, resignierter Zärtlichkeit zum Mond empor* Schon so lange her! Und trotzdem bin ich immer noch dieselbe Margaret. Nur unser Leben altert! Wir s i n d, wo Jahrhunderte nur als Sekunden zählen, und nach tausend Leben öffnen sich allmählich unsere Augen – *Sie blickt sich mit einem verzückten Lächeln um.* – und der Mond ruht im Meer! Ich möchte spüren, wie der Mond im Meer in Frieden ruht! Ich möchte, daß Dion vom Himmel zu mir herabsteigt! Ich möchte, daß er in den Gezeiten meines Herzens schläft! *Sie holt langsam unter ihrem Mantel, gleichsam wie aus ihrem Herzen, die Maske von Dion hervor – so wie wir sie zuletzt gesehen haben – und hält sie sich vors Gesicht.* Mein Geliebter! Mein Mann! Mein Junge! Du kannst nicht sterben, bevor mein

Herz stirbt! Du wirst ewig leben. Du schläfst unter meinem Herzen! Ich spüre, wie du dich im Schlaf regst, ewig unter meinem Herzen! *Sie küßt seine Lippen mit einem zeitlosen Kuß*.

Vorhang

# Theater Funk Fernsehen

# Eugene O'Neill

**Alle Kinder Gottes haben Flügel**
Deutsch von
Leopardi & Eckstein
Band 10641

**Der Eismann kommt**
Deutsch von
Leopardi & Eckstein
Band 7155

**Fast ein Poet**
Deutsch von
Michael Walter
Band 7151

**Gier unter Ulmen**
Deutsch von
Alexander
F. Hoffmann und
Hannelene Limpach
Band 10184

**Der große Gott Brown**
Deutsch von
Michael Walter
Band 10640

**Der haarige Affe**
Deutsch von
Peter Stein
Band 10629

**Jenseits vom Horizont**
Deutsch von
Leopardi & Eckstein
Band 10642

**Kaiser Jones**
Deutsch von
Michael Walter
Band 10278

**Eines langen Tages Reise in die Nacht**
Deutsch von Christian
Enzensberger

**Ein Mond für die Beladenen**
Deutsch von
Leopardi & Eckstein
Band 10182

**O Wildnis!**
Deutsch von
Inge Greiffenhagen
und Bettina von
Leoprechting
Band 10471

**Trauer muß Elektra tragen**
Deutsch von
Michael Walter
Band 7154

**Hughie**
Deutsch von
Leopardi & Eckstein
Band 10639

# Fischer Taschenbuch Verlag

fi 751/5

# Theater Funk Fernsehen

Edward Albee
**Wer hat Angst vor Virginia Woolf...?**
*Band 7015*

Elias Canetti
**Dramen**
*Hochzeit*
*Komödie der Eitelkeit*
*Die Befristeten*
*Band 7027*

Christopher Durang
**Trotz aller Therapie**
*Amerikanisches Theater der Gegenwart. Band 7102*

Marguerite Duras
**Die Krankheit Tod**
*Band 7092*
**Savannah Bay**
*Band 7084*

Hubert Fichte
**Ödipus auf Håknäss**
*Band 10843*

Dieter Forte
**Fluchtversuche**
*Vier Fernsehspiele*
*Band 7055*
**Kaspar Hausers Tod**
*Band 7050*
**Martin Luther & Thomas Münzer oder die Einführung der Buchhaltung**
*Band 7065*

Witold Gombrowicz
**Operette**
*Band 7075*
**Die Trauung**
**Geschichte**
*Band 7070*
**Yvonne, die Burgunderprinzessin**
*Band 7069*

Franz Helm
**Der Stein der Weisen**
*Ein endliches Volksstück mit Prolog, 3 Akten, 1 Nachsatz und Gesang*
*Band 7118*

Thomas Hürlimann
**Stichtag / Großvater und Halbbruder**
*Band 7086*

## Fischer Taschenbuch Verlag

fi 304/13 a

# Theater Funk Fernsehen

Kevin Laffan
**Die Träume des Trevor Staines**
*Band 7113*

William Mastrosimone
**Tagträumer**
*Band 7106*

Pier Paolo Pasolini
**Orgie**
**Der Schweinestall**
*Band 7078*
**Affabulazione oder Der Königsmord**
**Pylades**
*Band 7079*

Gerhard Roth
**Lichtenberg / Sehnsucht / Dämmerung**
*Band 7068*

Stefan Schütz
**Monsieur X oder Die Witwe des Radfahrers/ Urschwejk**
*Band 7117*

Peter Shaffer
**Amadeus**
*Band 7063*
**Laura und Lotte**
*Band 7153*

Wole Soyinka
**Die Straße**
*Band 7115*

**Theater-Theater**
*Aktuelle Stücke*
*Band 10717*
*Aktuelle Stücke 2*
*Band 11178*

**Hörspiele**
*Ilse Aichinger/ Ingeborg Bachmann/ Heinrich Böll/ Günter Eich/ Wolfgang Hildesheimer/Jan Rys*
*Band 7010*

# Fischer Taschenbuch Verlag

fi 304/16 b

# Theater Funk Fernsehen

Jean Giraudoux
**Kein Krieg in Troja**
**Die Irre von Chaillot**
*Zwei Stücke*
*Band 7033*

Hugo von Hofmannsthal
**Jedermann**
*Band 10871*
**Der Schwierige**
*Band 7111*
**Der Unbestechliche**
*Band 7112*

Eugene Ionesco
**Die Nashörner**
*Band 7034*
**Der König stirbt**
*Band 7067*

Eugene O'Neill
**Alle Kinder Gottes haben Flügel**
*Band 10641*
**Der Eismann kommt**
*Band 7155*
**Ein Mond für die Beladenen**
*Band 10182*

Eugene O'Neill
**Eines langen Tages Reise in die Nacht**
*Band 7152*
**Fast ein Poet**
*Band 7151*
**Gier unter Ulmen**
*Band 10184*
**Kaiser Jones**
*Band 10278*
**Jenseits vom Horizont**
*Band 10640*
**Trauer muß Elektra tragen**
*Band 7154*
**O Wildnis!**
*Band 10471*

Arthur Schnitzler
**Reigen / Liebelei**
*Band 7009*
**Das weite Land**
*Ein Film von Luc Bondy*
*Band 7105*

Franz Werfel
**Jacobowsky und der Oberst**
*Band 7025*

Thornton Wilder
**Die Alkestiade**
*Band 7076*
**Unsere kleine Stadt**
*Band 7022*
**Wir sind noch einmal davon-gekommen**
*Band 7029*
**Einakter und Dreiminutenspiele**
*Band 7066*

Carl Zuckmayer
**Der fröhliche Weinberg**
**Schinderhannes**
*Zwei Stücke*
*Band 7007*
**Der Hauptmann von Köpenick**
*Band 7002*
**Der Rattenfänger**
*Band 7114*
**Des Teufels General**
*Band 7019*

## Fischer Taschenbuch Verlag

fi 285/13

# Theater Funk Fernsehen

Bd. 7095

Bd. 10399

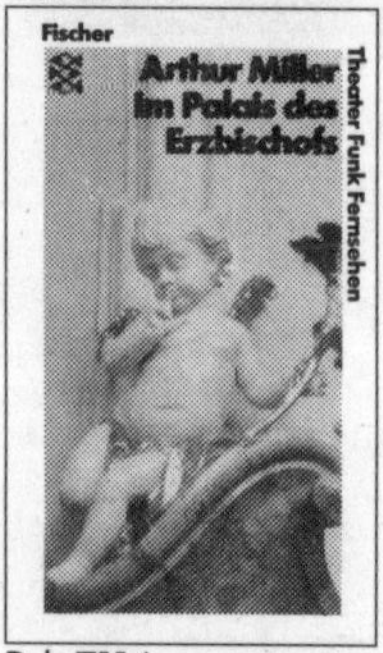


Bd. 7116

Bd. 10383

Bd. 7097

Bd. 7108

## Fischer Taschenbuch Verlag

fi 752/2